本色文丛·柳鸣九　主编

奇异的音乐

——屠岸散文随笔精选

屠　岸／著

深圳出版发行集团
海天出版社

图书在版编目（CIP）数据

奇异的音乐 / 屠岸著. — 深圳 : 海天出版社, 2012.9
（本色文丛 . 第 1 辑）
ISBN 978-7-5507-0519-7

Ⅰ.①奇… Ⅱ.①屠… Ⅲ.①散文集—中国—当代
②随笔—作品集—中国—当代 Ⅳ.①I267

中国版本图书馆CIP数据核字（2012）第204607号

奇异的音乐
QIYI DE YINYUE

出 品 人	尹昌龙
出版策划	毛世屏
责任编辑	林星海　陈　嫣
责任技编	蔡梅琴
装帧设计	斯迈德设计 0755-83144228

出版发行	海天出版社
地　　址	深圳市彩田南路海天大厦（518033）
网　　址	www.htph.com.cn
订购电话	0755-83460293（批发）0755-83460397（邮购）
印　　刷	深圳市华信图文印务有限公司
开　　本	787mm×1092mm　1/32
印　　张	7.25
字　　数	120千
版　　次	2012年9月第1版
印　　次	2012年9月第1次
定　　价	29.00元

屠岸，江苏常州人，1923年生。曾任人民文学出版社总编辑。著作有《萱荫阁诗抄》《屠岸十四行诗》《哑歌人的自白》《深秋有如初春——屠岸诗选》《夜灯红处课儿诗——屠岸诗选》《诗论·文论·剧论》《倾听人类灵魂的声音》《生正逢时——屠岸自述》等；译著有惠特曼诗集《鼓声》、《莎士比亚十四行诗集》、《济慈诗选》等多种。获鲁迅文学奖翻译奖、翻译文化终身成就奖等。

总　序

◎ 柳鸣九

　　深圳海天出版社似乎颇有点"散文随笔情结"，前几年，他们请季羡林先生主编了一套"当代中国散文八大家"丛书，效果甚好。于是，他们再接再厉，去年又策划出新的书系"世界散文八大家"。可惜此时季老先生已经仙逝，他们只好等求其次，请柳某出面张罗。此"世界八大家"，召集实不易，飘洋过海，总算陆续抵岸。但书系尚未全部竣工之际，海天又策划了一套新的文丛，以现今健在的著名文化人的散文随笔为内容。大概是因为柳某与海天已有一次愉快的合作，自己也常写点散文随笔，又身居"人杰地灵"的北京，便于"以文会友"，于是，海天又要柳某出面张罗。这便是这套书系产生的来由。

　　什么是散文随笔？前几年，一位被尊为大师的权威人士曾斩钉截铁地谓之为"写身边琐事"。我曾努力去领悟其要义，但就自己有限的文化见识，总觉得这个定义似乎不大靠谱。就"身边"而言，散文随笔的确多写与自己有关的人或事，但远离自己的人与事入文而成经典散文者实不胜枚举；就"琐事"而言，散文随笔写人写事确讲究具体而微，知微见著，以小见大。但以经国大业，社稷宏观，高妙艺文，深奥哲理为内容的名篇也常见于青史。不难看出，对于散文随笔而言，"题材不是问题"，任何事物皆可入散文，凡心智所能触及的范围与对象，无一不可成就散文也。故此，窃以为个人心智倒是散文的核心成份。那么，究竟何谓散文呢？散文的基本要素究竟是什么呢？如果用定义式的语言来说，散文就是自我心智以比较坦直的方式呈现于一定文学形式中，而自我心智者，或为较隽永深刻的自我知性，或为较深在真挚的自我感情。说白了，如果是思想见解，当非人云亦云，而多少要有点独特性，多少要有点嚼头与回味；如果是情感心绪，那就必须是真实的、自然的、本色的、率性的，而要少一些矫饰，少一些虚假，少一些夸张。是的，尽可能少一些，如果不能完全杜绝的话。诗歌中常有的那种提升的、强化的、扩大的感情似乎入散文不宜，还是让它得其所呆在诗歌里吧。至于"一定的语言文学形式"，不外意味着两点，一是非韵文的，这是散文有别于诗歌的最明显的标志；二是要有一定的修饰技巧，一定的艺术化，这则是散文随笔不同于公文告示、法律条文、科普说明以及各种"大白话"的重要标志。

这便是我所理解的散文随笔。我在自己的学术专业之外也经常写一些散文随笔，就是按照自己以上的理解来"炮制"的。今天，我被委以主编重任，也是按照自己以上的理解来操作的，至于我在自己的散文随笔中是否完全实践了自己的理念，是否达到自己的理念，在这次主编工作中是否有不合理、不入情的要求与安排，那就很难说了。呜呼，知与行的脱节与矛盾，人的永恒悲剧也。

出版社策划这个书系的时候，规定约稿对象为当今的文化名家。当今的文化名家种类何其多也：有在荧屏上煽情与讲道的主持人，有靠摆Pose与哭功而大富特富的影视大腕，有靠搞笑与搞怪的演艺奇才……人人都在写散文随笔，这大有成为当今散文随笔的主旋律之势。但按我个人的理解，这里所讲的文化名家不外是两种人，即具有作家文笔的著名学者与具有学者底蕴的著名作家，这两者的所长正是我对何为散文理解中所谓的"心智"这一大成份。由于我自己的圈子所限，这一辑的约稿对象全是上述的第二种人，即具有作家文笔的著名学者，而且基本上都是弄西学的学者或游学国外多年的学者，多散发出一点"洋味"的人。

学者写散文似乎有点"不务正业"，有点越界，侵入了文学家地盘。但对于学者来说，特别是对人文学者来说，却完全是性之所致，是一种必然。他本来就有人文关怀、人文视角、人文感情，这种心智状态、心智功能，一触及世间万物，就莫不碰撞出火花。只要有一点舞文弄墨的兴趣、冲动与技能，自然而然就可以产生出有点意思的散文随笔了。虽说舞文弄墨也是一种专门技能，需要培养与操练，但对于弄西学的人文学者来说，整天在世界文库里打滚，耳濡目染，这点技能是可以无师自通的。况且，人文学者于散文更有自己的优势，毕竟，他的知性是向全人类精神文化领域敞开的，他的目光是向全世界各种事物投射的。其散文随笔的题材，自是更为丰富多样，投射观察的目光自是更为开阔高远。而得益于世界各种精神文化的滋养，其可调配的颜色自是更为丰富多彩：说不定，也许我们这个时代有意思的散文随笔正是出自学者笔下呢，学者散文实不容当代文学史家忽视也……

不能再说下去了，再说下去就会变成"王婆卖瓜"啦，不过，我还是相信，这一辑学者散文也许能给文化读者多多少少带来一点不一样的感觉。

2012年5月

CONTENTS
目录

奇异的音乐

辑一

"壮绝神州戏剧兵"

——田汉剪影

　　第一次见田汉，是1953年4月，在田汉的办公室，东四头条的一间房里。那时他是文化部艺术局局长，中华全国戏剧工作者协会（后改称中国戏剧家协会）主席。他的办公室很朴素，有一张桌子，有个书架。我说："田老，我来向你报到。"在戏剧界，人们叫他田老大，很少人叫他田局长，我们叫他田老。

　　我提到我的表哥屠模（字伯范，曾在日本留学时，跟田汉一起搞过话剧运动），他说："是，是，在日本留学，演出时，我还给他拉大幕哩。我们要你表哥搞话剧，他却去搞化学。我知道，他有一个狗的鼻子。"我表哥是搞香料的，以此为职业，鼻子特别灵。

　　1956年，田汉有两篇文章是我（当时任《戏剧报》常务编委）发在《戏剧报》上的：《必须切实关心并改善艺人的生活》《为演员的青春请命》。后来有人认为这两篇文章，足够让田汉做右派了，但田汉没有被定为右派，只是被批得很厉害，说他是"无轨电车"。

田汉当剧协党组书记，跟其他党组书记不同。有人说他是办事凭兴之所至，口无遮拦，浪漫主义。在党组里起作用的，是伊兵、孙福田，之后是赵寻。

田汉有一篇文章，评湖南戏《三女抢板》。戏中，姐妹三人，在一件冤案中这一个都要替另一个去死。田汉文章里提到，说毛主席看了这个戏后讲，这就是共产主义精神。文章已经付排，伊兵看校样时发现问题，说这是个古代戏，毛主席看戏时即兴说了那样的话，没有公开发表，不是定论。于是请田汉当场修改，田汉不大懂得党的内外有别原则，所以被称做"无轨电车"。

1957年，豫剧演员陈素贞到北京演出，田汉对她很关爱。一天，田汉突然看到报纸上公布，河北省把刚调来的陈素贞定为右派。田汉立即拟了一份电报，准备给河北省领导，请求不要把陈素贞划成右派。这个电报稿被伊兵看到，伊兵当即把电报扣下，说不能发出去，河北省已经定了，不可能改变，你田老去说情，说不定你也会陷进去，说你包庇右派。伊兵这样做是为了保护田汉，田汉才没有把电报发出。陈素贞的右派问题后来在党的十一届三中全会后才得到改正。

田汉是个爱才的人。戴不凡还在《浙江日报》工作时，写了一篇评论田汉《金钵记》（后改为《白蛇传》）的文章，《人民日报》刊登了。田汉看后，虽然是批评自己的，但觉得戴不凡有才，于是通过组织把他调来北京剧协工作。戴不凡是学者，对中国古典戏曲有很深的研究。戴不凡写过关于《红楼梦》的文章，在红学界也有一定的影响。

1959年国庆后传达中央文件，批彭德怀，要求联系本单位来批，看谁有右倾思想。中宣部指示剧协党组批田汉，连续批了好几天。一天，在剧协三楼一个会议室（剧协重要的会都在那儿开），我看到田汉在那儿掉泪。我问，田老你什么事伤心呀？他说，毛主席不吃肉了。他为了这件事掉眼泪。那时经济困难时期已经开始。田汉只说了这么一句，没有再说什么。接着，他静静地听取会上人们对他的批评。

田汉早期的名剧《名优之死》，20世纪50年代末、60年代初在北京人艺演出。《戏剧报》要有一篇评论的文章，没有组到，我就自己写了。写的过程当中，我到田汉家去访问过。他穿人民装，不戴帽子，头发不多，很和蔼亲切，他给我讲了剧本创作的经过。说《名优之死》中的主角刘振声有原型，就是46岁就倒毙在舞台上的刘鸿升。他对戏曲演员在旧社会受的苦了解很深。他可能想在我写的文章上写点什么，拿了一支圆珠笔，笔写不出字来，丢了，又拿了一支，还是写不出字来。他说这些笔质量不过关，把那支笔放在桌上，又拿了第三支。笔筒里有很多圆珠笔，他说是别人送的，可这些国产的笔质量都太差。我看到他家里架子上有好多唐三彩，问是出土的吗？他说："我哪有那么大的本事？都是仿制品。"他还请我吃糖果。我说，田老你也吃吧。他说："你还不知道，我有糖尿病。"

《田汉的<名优之死>及其演出》，这篇评论我用了两天加上一个晚上的时间写成，到清晨完稿时，吐了一口血。

我把文章送给田老，他让我放下，第二天去取。我第二天去，他认为文章很好，说他只在最后加了一小段作为结束，那是他送给北京人艺演刘振声的演员童超的诗：

曾为梨园写不平，管弦繁处鬼人争。
高车又报来杨大，醇酒真堪哭振声。
敌我未分妍亦丑，薰莸严辨死犹生。
只缘风雨鸡鸣苦，终得东方灿烂明。

我在"文革"中被批，造反派就用上了这首诗。我解释说是田汉加上去的。一位姓徐名潮的造反派质问我，为什么同意让田汉加上这首诗？我说这首诗控诉旧社会，寄希望于新中国，最后两句能说明。徐同志怒斥我，说田汉的"风雨鸡鸣苦"指的是共产党领导下的新中国，"终得东方灿烂明"是希望蒋介石反攻大陆成功！我听了，不能当面反驳她，但心想：你真的这样认为吗？卑鄙！

1963年，顾工给中宣部陆定一部长写了一封信，揭露剧协迎春晚会的"资产阶级作风"问题。1963年12月毛泽东在一份材料上批示："各种艺术形式——戏剧、曲艺、音乐、美术、舞蹈、电影、诗和文学等等，问题不少，人数很多，社会主义改造在许多部门中，至今收效甚微。许多部门至今还是'死人'统治着。"批示下达后，各协会做检查，自我批评。这是第一个批示。各协会把自我检查结果送上去之后，毛泽东又在一个协会的检查结果上写了批示，这就是1964年7月的第二个批示，批示说这些协会已经跌到了像匈牙利裴多菲俱乐部那种团体的边缘。（裴多菲俱乐部是匈牙利一个知识分子团体，被称为"反革命组织"，1956年匈牙利事变时起了很大的作用。）两个批示下来，各协会都要学习检查。

第一个批示下来，剧协的同志们到西山八大处一处文联休养所学习检查了好几天。检查的重点在田汉，大家和风细雨地对他进行了批评。但毛泽东不满意，要重新来。各协会要抓典型。美协抓了王朝闻，剧协再次整风，重点批田汉。中宣部文艺处派苏一平来坐镇，苏一平是经过延安锻炼的老同志，人却比较温和。这时还不像"文革"时期那样骂人，虽然上纲上线，却只坐在那儿讲。当时命令我参加，我把田汉的文章摘录下来，写在卡片上。虽然讲道理，但讲的其实是歪理。1964年的秋天，有一次批判会完了后，田汉站起来走到我身边，拍着我的肩膀说："孺子可教也。"我问他是什么意思，他说："别人批我都是口说无凭，你做了卡片有根有据，你很认真。"

1966年的8月上旬，"文革"已经开始，剧协领导运动的人已经换成了刘亚明，他是组织上调来当剧协秘书长的。刘亚明组织了一次对田汉的批判会，这时运动的火药味更浓了，我已经感觉到自己很危险，但刘亚明把我列为发言人之一。我意识到，刘亚明是想拉我一把，把我放在革命群众中去。我又觉得这个发言很难做，我没有办法，还得做。我的发言是批田汉在外事活动中的"无轨电车"行为，属鸡蛋里挑骨头。当时，我脑子里也有疑问，到底田汉该不该批斗？

1962—1963年，田汉的秘书黎之彦有眼病要全休，我妻章妙英代替他做秘书时，小女儿章燕出生不久，妙英有时先抱她到田汉住处放在传达室（那时田汉多数时间在家里工作），下班才抱她回来。田汉非常喜欢章燕，说这孩子太可爱了，有时抱一抱。田汉问妙英经济上有没有困难，还伸手到口袋里摸钱。妙英说，没有。我当时生病在家，田老可能想到妙英家里有病人，又添了孩子，所以想帮助她。田老是个热心肠！后来妙英了解到田汉有一段时间很郁闷。因为中宣部又提起他1935年被捕的事，调查他有没有叛变的问题。这个问题本来早就解决了，但这时中宣部又提起，是不是有新的情况？田汉的心情特别坏。这事只有妙英知道。田汉是不是叛徒？这个问题没有弄清楚。"文革"开始后，他的儿子贴大字报说他是叛徒。但是，我这次去批判他，不是批判他的叛徒问题。

　　这次批田汉的会在文联礼堂召开，很多人发言，都有发言稿。文化部副部长刘芝明坐在第一排。他对我说，你们剧协这次批判会搞得好。但他在不久后也被揪出来，被狠斗。1968年，刘芝明在造反派的严重迫害下身心交瘁，突然病亡。

　　这次批斗田汉，我的心情非常复杂，因为看到了田汉下跪。一位当年是"孩子剧团"成员的姓谢的演员，在批斗会上指责说田汉把"孩子剧团"从大西南带到东北，送给了国民党，是对这些孩子们的政治陷害。抗战时期，在大后方有个抗日的"孩子剧团"，抗战胜利后，为了生存，田汉千方百计设法把他们送到东北，使他们存活下来。这位演员是歪曲事实，但当时会上的听众反应异常强烈。舞蹈协会的一位姓周的同志站起来声色俱厉地叫田汉"跪下"！田汉不下跪，全场人都站起来，说："跪下！跪下！"于是，田汉扑通一声跪下了，他的面色灰白，漠然无表情，依然挺胸，像一块僵直的石头。

我当时心里很不是滋味，觉得田汉就是有罪，怎么就要下跪呢？我对田汉始终有负疚的心情。

我还参加过以集体名义撰写批判田汉的文章。上级让我起草，有一个月的时间住在颐和园剧协租用的房里写。有个厅，吃饭都在那儿。没写成，回剧协后继续写。从1965年春到秋冬。我那时在戏剧研究室编《外国戏剧资料》，又写批田汉的文章。写了一年，写得很痛苦，因为是"强扭的瓜"，讲不通的道理偏要讲"通"，改来改去，始终无法定稿。其间，也有他人来参加写作，最后把草稿送给理论权威何其芳，请他修改。他不改，只提了意见。最后，送给中宣部副部长林默涵，他有本事，做了大的删改，总算把逻辑顺起来了，把本来讲不通的，似乎讲"通"了。最后以《田汉的戏剧主张为谁服务》为名发表，这个标题也是林默涵定下来的。文章发在《戏剧报》1966年4月那一期，署名是"本刊编辑部"。这期出了，《戏剧报》也就办不下去了，从此停刊，"文革"开始了。

1966年，我还没有被揪出来，还在革命群众队伍中时，看到过田汉的书面交代。除了"示众"（被造反派押到公开场合接受群众的辱骂），田汉每天还要写思想报告。这年国庆节，田汉写："我听到了国歌的声音，心里还感觉到安慰，但我希望同志们注意安全。"他挨打挨得很厉害。田汉写那些字是颤抖的，根本不像他的手迹，他原是书法家呀！那时，田汉还有专车，司机是李光华，此人很好，每天不管多晚，都等着接田汉回家，还说这次田老遭罪了。有一次，红卫兵用铁丝把田汉捆在椅子背后，用鞭子打。我看见打他的是个女孩，初中生。那个时候北京有"东纠"（东城区纠察队），"西纠"（西城区纠察队），都是红卫兵组织。这两个"纠"里的女红卫兵非常厉害。

1966年12月，田汉被红卫兵抓走。后来听说由北京卫戍区"监护"了。"监护"就是入监牢。他被折磨得很惨。后期，他被囚在一所医院里。他跟阳翰笙住楼上楼下。阳翰笙说，监管田汉的人很残暴，田汉有糖尿病，有时候把尿撒到了尿盆外边，那个监管员毫无人性地逼田汉趴在地上喝下去。1968年，田汉在残酷迫害中死去。死前他写歌颂毛泽东

在田汉诞辰110周年纪念大会上

的诗，这成为他的绝笔。

田汉含冤去世，我没有机会当面向他道歉。2001年，在《田汉全集》编辑工作完成之后，我曾给田汉基金会的邓兴器回过一封信，他们把这封信登了出来。信中讲了我参与编辑《田汉全集》工作时做了几件事情，并说："我提及这些事，是说明我由于做了一些本应该做的小事而稍感安慰。对田老，我是有愧的。在1964、1966年，我曾奉命参加了对田老的批判会。田老反而表扬我说'孺子可教'，只因为我做了卡片，批判时引用了田老文章里的原话。但那些批判，都是讲的歪理。每念及此，我即痛悔惭愧流泪不止。为'全集'做了些许工作，何能赎我之罪于万一！"

田汉写旧体诗有极深厚的功力。他的舅父易象教他写旧体诗，为他打下了坚实的基础。田汉写旧体诗有时沉吟半日，有时不假思索，一挥而就。但他也仔细，他的口袋里装有一部《诗韵全璧》，袖珍本。他说有时候别人请他题诗，他仓促上阵，怕用字不合诗韵，随身带着《诗韵全璧》就方便多了。田汉是人大代表，在各地视察时亲笔题赠的诗比较多。60年代，他的秘书黎之彦曾随时抄存过。我也做了一些搜集工作，1962年9月，我到苏州去养病，田汉托我把他为周瘦鹃《拈花集》题的几首诗代交给周。周是早年著名的鸳鸯蝴蝶派作家，也翻译过大量外国小说。60年代，周瘦鹃和我父亲同为苏州市政协委员。我拜访了周瘦鹃，把田老的诗交到他手里。由此，我对田老的旧体诗产生了兴趣，并且开始做收集田老旧体诗词的工作，见到一首抄一首，送给田汉审定。我有一大沓他的旧体诗的抄稿，"文革"中被抄，再没有还给我。

为订正田汉诗作的一些字词，1998年5月5日，我曾到田老的长子田海男家去过。田海男给我看了田老一部分诗的手迹，见到田老1957年5月写的《哭家伦》（按：盛家伦是音乐家，声乐艺术家）三首，用毛笔写在宣纸上，行草，字迹挺秀刚劲，从笔锋可以见到当时田老心情的激动和哀恸的深切，是书法艺术的极致，也是诗歌艺术的高峰。田老在手稿上有改动，原诗是墨写，而改动的字是朱笔，殷红的横竖撇捺在黑色墨痕间如火焰燃烧，仿佛赤焰生烟，彤云成梦。阅此手迹，真是一种诗书美的高度艺术享受！田海男还给我看了田老1948年6月的日记，田老用工整的蝇头小楷书写的他创作的诗《湘剧感事》，内容是湘剧演员在抗日战争期间或殉国，或病殒的经过。诗是五言古风，共64句，不分行。字迹挺秀，刚中寓柔。从书法中看到田老的悲愤，对烈士的崇敬心情。又看挂在田海男客厅中田老的书法，是田老写自己的诗《邓尉探梅》《安宁温泉得句》，遒劲潇洒，力透纸背。田海男热情豪爽，待人坦诚。有人说田老"人也可交，胸无城府"，我对田海男也有此印象。

1979年4月25日下午，八宝山开田汉的追悼会，妙英跟我一起去。主持人廖承志，茅盾致悼词。送花圈的有华国锋、陈云、邓小平等。田老的遗体已不知所终，骨灰盒里放的是田老的一副眼镜和他的著作《关汉卿》剧本。这一天，我想了许多，想田老《关汉卿》写的是古代的悲剧，《名优之死》写的是半封建半殖民地时代的悲剧，而田老本人的遭遇，是社会主义时代的悲剧，但他的悲剧，比他剧中的人物更悲更惨。当时我有这样的认识，我们时代的悲剧可以由社会主义时代本身来纠正，而过去的时代，只能靠革命。虽然如此，我们时代的悲剧绝不允许重演！

这天晚上我写了一首悼念田老的诗：

痛悼田汉同志

一生战斗爱憎明，壮绝神州戏剧兵。

猛击乱钟惊世梦，高歌血肉筑长城。

何期二度来杨大，孰令万人哭汉卿？

悲剧倘然重演出，天荒地老两无声！

（注：第二句是借用田汉《庆祝西南剧展兼悼剧人殉国者》诗中旬。《乱钟》，田汉剧作名。第四句指《义勇军进行曲》。杨大即杨大爷，田汉《名优之死》，中的地方恶霸，迫害名优致死。汉卿指田汉剧作《关汉卿》，关是“梨园领袖”，田亦是。）

2010年

"炼狱天堂唯一笑"
——聂绀弩絮语

　　1982年1月21日下午，与人文社杜维沫去看社里的老同志，先看了楼适夷，楼适夷又跟我们一起，到劲松新区访问聂绀弩。那天正是绀弩79岁的生日，家中宾客盈门，有一位是钟敬文。杜维沫把我介绍给绀弩。绀弩第一句话就说，为什么你要用一个坏人的姓做你的名字？我笑笑说，姓这个姓的，历史上只有一个坏人，难道姓这个姓的都是坏人不成？谈到聂老的诗，楼老说："绀弩的旧休诗内容全是新的。我是文艺界的勤杂工，绀弩才是才子。"绀弩说："我算什么才子，年轻人，20岁才叫才子，我已经80了。"楼适夷说："你是老才子。"我插了一句："又写小说，又写杂文，又写旧体诗，你还写过不少新诗，你是才子。"绀弩说："胡风说我写的新诗不像诗，我就不写新诗了。"杜维沫说，聂老的小说出版了。聂老说："我写小说是失败的，因为我不会虚构，我都是写的事实。"

　　绀弩的妻子周颖给我们讲，绀弩在饭馆里骂江青被判刑，现在身体不行，写作只能躺在床上进行。

　　1983年2月7日，阴历腊月二十五，将过年，下午带了水果去慰问聂绀弩。他靠在床上问我是何人。我附在他耳边说我叫屠岸，来过两次了。他说，我最近看到你的一首诗。聂夫人端给我一杯茶，给司机一杯。我说聂老的《散宜生诗》是别具一格、独树一帜的好诗。"真是前无古人"，周颖说，"不能说后无来者。"我说，聂老的旧体诗颇像他的杂文，嬉笑怒骂皆成文章，是杂文风格诗！周颖赞成我的说法。我说聂老的诗完全是旧体诗的格律，内容却是全新的。接着谈到胡乔木提出要给《散宜生诗》作注的事。聂老说，朱正很细心，可以请他来注。我说注释不宜烦琐，应要言不烦。因聂诗中有典故，不仅有古典，还有今典、洋典，还有个人与友人的交往等，读者不知道。只应注出读者不知道的事实，以助读者了解。不宜对诗的含意做解释，以免限制读者的理解和领会。聂老说他原不主张注，但乔木说要注。我认为，读者对一些诗不明所以，因此还是注一下好。聂老说他这诗又不是青年必读书，而且写旧体诗，毛主席说不宜在青年中提倡。我说，不提倡青年写，但青年可以读，所以注还是必要。聂老说："旧体诗要合乎格律，不易做。今日青年不懂平仄，你跟他讲了半天，他也不懂。我小时候学平仄，听老师讲了一回，就明白了。"我问周颖，聂老家乡何处？周说是湖北。我说，那地方方言中有入声。今日北京语言中没有入声，所以北京人往往把入声字当平声字用，那就错了。

周颖问我年龄，我说六十。周颖说："你太年轻了，真是好年纪！"此时，周七十五，聂八十，在他们眼里，六十是少年。周颖说，聂六十时正在北大荒劳改，她去看他，见他干着很苦很重的活，人格被侮辱，任何人都可以骂他，踢他。也没有人知道他是什么样的人。说到这里，周说不下去了。

后来朱正为绀弩的旧体诗做了注，但聂老又不愿意了。朱正给我讲，聂老不要注今典（有关当代的人和事），主要是因为涉及人际关系。

我跟聂绀弩的直接交往不多，通信也不多。他给我写过两封信，其中一封是这样：

屠岸同志，你好！

你曾说要为我出一本新诗集，是么？开国时，我曾出版过一本《元旦》，（在香港）知者极少。我手边现有的一册是向社资料室借来的。看了看，自谓是尽情歌颂了新中国的诞生的，里面的几首曾合为一首，题作"山呼"，发表于开国时的《光明日报》。诗不好，但是很热情，因此很愿意重印（就《元旦》本）。但有几点小意见：

一、须将《绀弩散文》中的《一九四九·四·二一夜》一篇歌颂渡江的文章附在后面。或改题为"渡江"，是我写的热情散文最自信的一篇。

二、《元旦》内有《答谢》一节：一赠克列姆宫红旗，二赠毛主席，三赠先烈。我想将此题取消，只剩赠先烈，改为"人民英雄纪念碑前"。因克列姆恐与目前国策有关。而赠毛主席一节，我受了许多气，先后被李××、严×、贾×等人指为"侮辱毛"，是"思想问题"，要写"检讨"。另一篇散文《毛××先生与鱼肝油丸》在文化大革命中被认为反动证据，出狱后曾有一文说毛草书为一绝，也有人写信来骂我胡说。因此我想若留此不知更有何种麻烦，不如删之干脆。

以上如得你同意，咱们就印。似还拿得出去，只是单薄些，有几首正托人找中，如找得可补入。

……

敬候德音。

此致敬礼！

聂绀弩　上

5. 9. 1983

聂老信来后，我很重视。但觉得《元旦》分量轻，最好聂老能补入其他诗作（白话诗），或者用新写的诗作增补。但聂老年事已高，不可能有新作，此事没做成。

绀弩赠我他的《散宜生诗》，封面上有题字："屠岸同志　聂绀弩赠　1982.12.16"。1983年3月4日，我写了一首七言绝句《读〈散宜生诗〉呈聂绀弩先生》：

> 诗坛怪杰唱新歌，启后空前越劫波。
>
> 炼狱天堂唯一笑，人间不觉泪痕多。

我寄了给他。"新歌"不是一般意义上的"新"，这种"新"，令人惊异，令人惊奇，令人惊叹，令人惊绝！所以称之为"怪杰"，不是贬词，是惊愕之余的赞词！"劫波"是佛家语，鲁迅曾用在《题三义塔》诗中。绀弩身受的劫波，令人难以想象！

1986年4月7日，我到八宝山参加聂绀弩的遗体告别仪式。绀弩身上覆盖着白布，像一座小山，脚是弯的。回来时跟严文井乘一辆车，我说聂老整容没整好。司机张连武说，没法整好，停止呼吸的时候没人在旁边，没人把他的腿放平，把下巴合上，把头放平，时间过了，就僵硬了。文井说，身子是蜷的，头颈是弯的。我加了一句，嘴巴是开的。文井说，这个形象我永远不会忘记。

我想这正是聂绀弩的形象。他的腿放不平，因为他的心不平；他的头颈不会直，因为他看世态不可能直着看；他的嘴巴没有合上，是因为他还有话要说，说不出来。所以整成这个容，是天意。

2010年

师生情谊四十年
——悼卞之琳

恩师卞之琳先生远行了，无限惘然！

2000年12月8日是卞先生90华诞。社科院外国文学研究所原定12月7日为祝贺卞先生90年寿辰，举行《卞之琳文集》首发式暨学术讨论会。但卞先生忽于12月2日溘然而逝。这次祝寿会改成了追思会。8日，也就是先生的90岁生日，在八宝山举行了隆重的遗体告别式。卞先生卧在鲜花丛中，安详地闭合双眼，仿佛仍在"装饰着别人的梦"。我向他恭恭敬敬地三鞠躬，眼泪不禁夺眶而出。

卞先生的女儿青乔告诉我：先生的生日按阴历算应是十一月初七，而2000年12月2日恰好是阴历十一月初七。这使我想起莎士比亚，他的生日和忌辰同是4月23日。莎翁只活到52岁，而莎翁悲剧的杰出翻译家卞先生走完了人生整整90年历程。

我在上大学时，读到卞先生的诗集《鱼目集》《汉园

集》（卞与何其芳、李广田三人集）《慰劳信集》等，一读
再读，品味出无穷的诗意和深蕴的内涵，有的能背出来。从
此他成为我最喜爱的中国诗人之一。 1956年又读到先生译
的莎剧《哈姆雷特》，更钦佩他译莎功力之厚。1979年初，
诗人牛汉刚刚平反，参加编辑工作，他访问卞之琳先生，
并建议先生选编自己的一本诗集。卞先生欣然同意，便编
成他1930—1958年的诗选集《雕虫纪历》。牛汉把稿子拿到
手，当了责任编辑。我有幸拜读了这部书稿连同他写的《自
序》，再一次沉浸在卞先生独特的艺术天地中。我当即签发
了，《雕虫纪历》即由人民文学出版社于1979年出版。卞先

屠岸与卞之琳（左）

生嘱我写一篇评论文章，我于是动笔写了一篇题为《精微与冷隽的闪光——读卞之琳的〈雕虫纪历〉》的文章，拿给卞先生看。卞先生有一首著名的短诗《断章》：

你站在桥上看风景，
看风景人在楼上看你。

明月装饰了你的窗子，
你装饰了别人的梦。

我在文中对此诗作了如下分析："这里是多少个'对照'（或'对应''对衬''相对'……）：你（或我）和人，桥和楼，明月和你（或我），窗子和梦。桥是连接点，楼是制高点；窗子是观察世界的，梦是反映世界的。而这些，都统一在风景——大千世界的庄严色相里。观看，处于主位；装饰，处于客位。这里，可以看到主位和客位、主体和客体、主动和被动的矛盾统一。世界是由差异和矛盾构成的。美好的东西，例如皎洁的明月，对于你的视觉（心灵的窗子）应该是一种慰藉，而你（或我）对于别人的探求（梦想和幻想），也应该是一种慰藉。'装饰'并不是贬义词。如果说这首诗里没有喜悦，那么，它至少也不透露悲哀。它题为《断章》，其实也就是'一斑'，或布莱克说的'一粒砂'。这是'冷淡盖深挚'的一例，它凝炼到了精微的程度。"

卞先生对这段文字持肯定和赞同的态度。他说这首诗是他自己喜爱的作品之一，评论它的人很多，认为我的论析不失为"一家言"。并鼓励我说，这篇文章"写得很好，文笔清丽"。我在文中还提到："诗人（指卞）是惜墨如金的。有时也画泼墨山水，如用冷嘲盖热讽的《春城》。"卞先生对这句话感兴趣，说他还没有意识到自己也画过"泼墨山水"。但他同意我的看法，自认为他的诗并不全是一种格调，如把《春城》比作泼墨山水是恰当的；又说，他也写过写意画式的诗，如《无题四》，"隔江泥衔到你梁上"那首，就是信手拈来，随意点染之作，是写意画。

先生说：有时评论家对某个作品作出某种论析，或读者读诗得到某种感受，而作者写时并没有有意为之。如先生的诗《寂寞》，李健吾先生为文作了分析，卞先生认为解释得出于他意外的好，而他原不曾有什么深长的意义。我说，一部作品可以说是作者、评论者和读者共同完成的，是吗？卞先生点点头。

我这篇文章发表在《诗刊》1980年4月号上，后收入1990

年卞先生80诞辰纪念文集《卞之琳与诗艺术》中，之后又收入"中国现代作家选集"之一《卞之琳》（张曼仪编，香港三联书店1994年版、人民文学出版社1995年版）中。

《雕虫纪历》初版付排前，我曾对卞先生说，你选自己的作品太严格了，只收70首作品，有好些佳作如《圆宝盒》《鱼化石》等，我都特别喜欢，为什么不收入呢？卞先生说，还是严格些好。但后来香港三联书店出版《雕虫纪历》增订版，把"另外一辑"也收入了。另外，1982年老编辑王笠耘为编辑《一二·一诗选》到昆明收集材料，在"一二·一"文献展览中发现了卞先生当年（1945年）的一则文字，抄了回来。那文字是："为了争取说话的自由，血说了话。专帮凶，专堵人嘴，专掩人耳目的报纸也终于露出了血渍，死难者的血渍也正是流氓政治的伤痕"。我看了，觉得是诗，就把这几句话分成了八行写出，送给卞先生，请他考虑是否可作为一首诗收入《雕虫纪历》增订版中。卞先生同意了，并在《自序》末加了几句"附记"："屠岸发现我当时在昆明发表的一则文字，分行录下给我看，我觉得果然像一首还过得去的短诗。这应算是我40年代仅写过的一首诗，现在就收入'另外一辑'，按写作日期，排在最后。"这就是短诗《血说了话——悼死难同学》。于是，这个增订版就有了101首诗。

先生为人平易亲切，但也十分自尊。有一位作家在《文艺报》上发表文章不指名地批评《雕虫纪历》，说虽然此书谦称"雕虫纪历"，但总该雕出个"虫"呀，"虫"在哪里？先生得悉后，对我说："那是他眼睛瞎了，看不见。"但先生没有为文反驳。先生狷介，但绝不狂傲。孙大雨先生译莎剧首创"音组"律的理论并实行，在首创权问题上对卞先生有所误解并产生芥蒂。卞先生对我说：我从来没有僭用孙大雨的"发明权"。但孙译莎剧不是等行翻译，卞更为严谨，译莎是等行翻译而在顿（音组）的处理上更为精致讲究。卞先生在这方面发展并进一步完善了"音组"理论并作了成功的实践。卞先生1982年为《徐志摩选集》所写的序中说："孙大雨首先提出'音组'"；卞先生1985年为自己译的《莎士比亚悲剧四种》写的"译本说明"中说："译者（卞自称）首先受益于师辈孙大雨以'音组'律译莎士比亚诗剧的启发，才进行了略有不同的处理实验。"称孙大雨为"师辈"，把发展和完善称为"略有不同的处理实验"可见卞先生的客观和谦虚。

先生对荣誉是重视的，但不尚虚名。粉碎"四人帮"后，围绕"用白话写诗，几十年来，迄无成功"的说法，诗歌界议论纷纷。《诗刊》社于1979年1月14日至17日召开大型诗歌座谈会，胡乔木同志在会上发表讲话，充分肯定"五四"以来新诗的成绩，并说新诗坛产生了不少"大诗人"，列举了四个名字，其中就有当时在座的卞之琳。但卞先生后来对人说，在诗史上，他只能是一位minor poet（次要诗人），而不是major poet（大诗人）。由此可见他的冷静和虚怀若谷。

1997年2月，我拜访卞先生时，他对我说，《诗刊》有一个栏目《名家经典》，请求他自选若干诗在这个栏目发表，他谢绝了。先生说，"经典"二字不能随便用。可见先生的严肃认真。

1999年，中国诗歌学会举办"厦新杯·中国诗人奖"评选，经评委几次讨论投票，决定将"终身成就奖"授予臧克家、卞之琳两位老诗人。我作为评委会主任委员，打电话给卞先生的女儿青乔，告知此事。我心中有些忐忑，不知先生会有什么反应。卞先生亲自与我通话，问我"终身成就奖"是什么含义，我作了解释。他很高兴，欣然接受了。2000年1月20日在人民大会堂举行颁奖大会，青乔代表她父亲领取了奖品（精制的奖杯）和奖金。这是社会和公众对卞先生对诗歌的非凡贡献的认定，我感到十分欣慰。

我与卞先生的交往，始于20世纪60年代初。1962年，我首次登门拜访卞先生，向他请教。先生对我译的《莎士比亚十四行诗》（1950年初版，中国第一个全译本）是肯定的，但认为还需修订加工。他亲自为我译了莎翁十四行诗第一首作为示范。（可惜这份手稿在"文革"中我被抄家后失踪，成为不可弥补的损失！）先生不同意严复提出的翻译三原则"信、达、雅"。他主张全面求信，神形兼备，在"形"上要求以顿（音组）代步，韵式依原诗，亦步亦趋。我向他请教说：如果信而不达，即不信；如果信而不雅（我把"雅"理解为原作的艺术风貌，如果原作"俗"则译作也须"俗"，否则不算"雅"，而不是严复的原意：桐城派古文风格）也就不"信"。因此"信"应该是包括了"达"和"雅"的。能否这样理解？先生没有反对，我以为先生也许是默认了。我根据先生的教诲和示范，对莎翁十四行诗进行了全面的修订加工。并写了一篇《译后记》，交给卞先生，请他审阅。那时是1963年。1977年10月10日，我得到卞先生的通知，去他家看望他。这是经过十年"文革"之后的重逢。他说，在"文革"中，他损失了书籍和其他一些东西，但我译的经过修订的莎翁十四行诗集和《译后记》却保存完好。他叫我去就是为了此事。他当即把我的译稿和后记取出，拭去灰尘，还给了我。1981年经过修订的《莎翁十四行诗集》新版出版后，先生写了《译诗艺术的成年》一文（《读书》1982年第三期），把拙译作为"成年"的例子之一。同时指出这是在几代译家努力的基础上达到的，所以"这也是大家的贡献"。客观，公允，却又是极大的鼓励！1987年12月卞先生以特邀主讲者身份赴香港出席"当代翻译研讨会"，在会上宣读了论文《翻译对于中国现代诗的功过》。文中有一处提到："50年代以来，有人，例如屠岸，用音组（顿、拍）对应原来的音步，照原来的韵脚安排，翻译了莎士比亚十四行诗集，随后也就用这个诗体写诗（注：《屠岸十四行诗》，花城出版社），得心应手，不落斧凿痕迹。"先生对我的鼓励和鞭策，我终生难忘。

2000年4月22日至26日，我率中国诗人常德采风团访问湖南常德，主要参观沅江边上以大堤为载体的诗歌书法碑林"常德诗墙"。诗墙上收有中外古今诗歌名篇1200余首，请书法家写好刻石成碑。在诗墙工棚座谈中，我向诗墙负责人提出建议：把卞之琳译的莎士比亚悲剧《哈姆雷特》中王子独白的第一句刻上诗墙。我说，莎翁是世界级大诗人大戏剧家，他的杰作中的杰作是《哈姆雷特》，此剧中最出名的台词是第三幕王子的独白，独白的第一句已成为世界名言，即：To be, or not to be, that is the question.卞之琳是莎译的大家，卞译莎剧中最好的是《哈姆雷特》，是他的呕心沥血之作。他自己说译此剧"使出了浑身解数"。《哈姆雷特》中译本有多种，这句独白也有多种译法。朱生豪译为："生存还是毁灭，这是个值得考虑的问题。"林同济译为："存在，还是毁灭，就这问题了。"梁实秋译为："死后还是存在，还是不存在——这是问题。"方平兄译为："活着好还是死了好，这是难题啊。"各有千秋。但我最欣赏的是卞之琳的译文，传神而且口语化。卞译《哈姆雷特》作为据此剧改编的英国电影《王子复仇记》的汉语配音，由孙道临配王子哈姆雷特，成为汉语配音的典范。这独白的第一句卞先生原译为："活下去还是不活：这是问题。"（《英国诗选》，湖南人民出版社，1983年版）。我曾向卞先生谈起，这样译，分顿按字数为"三二二二二"，不如在"问题"前加一"个"字，成为"三二二三二"，可避免单调。先生当时没有说什么。后来我发现先生改了，改成："活下去还是不活，这是个问题。"（英汉对照《英国诗选》，商务印书馆，1996年版）。虽一字之差，却见先生的作风。——常德诗墙负责人接受了我的建议，我很高兴。回京后，征得了先生的同意。诗墙负责人要我书写，我说我的毛笔字是小学生水平，不够格。诗墙负责人说，只是写下由他们收起来留作藏品。我便用宣纸写了寄去。但不久即收到他们的证书："您的书法作品《莎士比亚：哈姆雷特独白，卞之琳译》，刊刻在大型文化工程'中国常德诗墙'第六篇上。特奉上此荣誉证，以资纪念。"并附来碑文拓片。这使我大吃一惊，但木已成舟！我原想在卞先生90华诞时将此拓片拿给他看一看，但这个愿望永远不能实现了。

卞先生是中国杰出的诗人、学者、翻译家，一代宗师。袁可嘉兄称卞先生为"国宝级"人物。他著译丰富，桃李满园。他的人格和风范永远是后人学习的榜样。我以曾是他的一名小学生而感到荣幸。他的文学成果将作为中华文化瑰宝的一部分而永留人间。

2000年12月12日

参透宇宙人生的大悟者
——严文井点滴

　　我认识严文井是20世纪50年代。那时他在中国作家协会担任领导职务，搞外事工作，我在中国戏剧家协会做编辑工作，同在文联大楼上班，因此时常见面。1973年正月，我从静海五七干校返京，奉调人民文学出版社。两三天后，严文井从咸宁五七干校调回人民文学出版社，被正式任命为社长兼总编辑，我到他的办公室看他。他说，你也来了。只做了简短的谈话。

　　这年的6月，到京郊农村帮助农民抢收。休息的时候，我问他贵乡在哪儿，他回答湖北。我说，呵，天上九头鸟，地下湖北佬。他说，难道屈原、闻一多、曹禺都是？我说都是，王昭君也是。他把我逼到这个份上了，我只有硬着头皮这样说。我还说中国古代称九州，还有《诗经》中的第一首诗："关关雎鸠"，"九"通"鸠"。所以"九"又是一个爱情数。我说九头鸟古书上似乎称"苍鹝"，是不祥的怪鸟。我不这么认为，我觉得这种鸟不是有九个头的鸟，而是"九"字领头的鸟。严文井听着，笑笑，没有再反驳我。

70年代中期，编辑部收到一位海外华侨写的小说，我看了，觉得还可以。严文井说他也看看，我送去了。过几天，我跟责编江秉祥去，严文井问，你们觉得这部小说水平怎么样？江秉祥说可以，我也说可以，意思是可以出版。他说，你们是吃请了吧？我说，你认为你有这样的部下吗？我们只认为，争取和团结这位海外华侨，可以出版。严文井说好吧，可以出版。

有一次谈到儿童文学，我说很赞赏他写的那些作品。他说："新中国成立后我只写儿童文学了，我以前是写小说的。我告诉你吧，儿童文学可以避祸，现实和历史的小说都不行。"我说，你真聪明。他说："我这么'聪明'，还是要被打倒。"

1979年上半年，他把我叫去，说，你大概早看出一件奇怪事，一个编辑部的副主任，提到副总编辑，一个主任，还是主任。我说，这有什么奇怪的。他说的主任是我，副主任是李曙光。我说李曙光是红小鬼出身，入党比我早。他当副总编辑，我尊重他。职位我是从来不争的，随便。他说，你的任命也快了。

屠岸与严文井（左）

1983年春，文井不怎么来上班，但一些事韦君宜还要跟他商量。那年开始评职称，有名额限制，韦君宜找我们，我、孟伟哉、李曙光三个人谈话。那时我已经是总编辑了，虽然委任状到秋天才来，但已经上任。韦君宜说，你们三个领导干部，希望这一届让一让，像龙世辉、王笠耘都应该评上编审，韦君宜还举了一些副编审。我们三个人说没有问题。韦君宜说，她是跟严文井商量后跟我们谈的。我没有写申请，孟、李也没写申请。过了几天，君宜又叫我们去，说严文井的意见是要凭实力评，要公平地评，不提让不让了。我们回去了。我仍然没有申请宣布职称的会，我没有参加，因为没有我的事。他们中有人评上了正编审。那天我心安理得，一点委屈也没有。心里也没有一点波动。这是真实的情况。李易开完会后到我办公室，说惊奇惊奇。我问什么惊奇，他说你是不是装傻。他不了解我。我的正编审职称评上比别人晚三年，是1986年。我没赶头班车，有一个好处。没评上正高和副高职称的人，来找我发牢骚，我做说服工作，就处于有利地位了。

严文井也自负。有一次我们谈儿童文学作家。我说你有灵气，其他的作家，张天翼、金近也不错。文井提及某儿童文学老作家，说，此人少了一点灵气。"你知道为什么，他太笨。"这是他的原话。

1980年2月29日上午，严文井找我去，说一些工作上的事情。他留我吃午饭，吃完饭后继续聊天，他谈到一些青年编辑缺乏知识的问题，他说他有一个童话，写乌鸦从猫那里把老鼠抢走，编辑却把乌鸦改成了老鹰。而乌鸦抢老鼠是他亲眼见过的。

我有一次对严文井说，有人把童话（以及其他儿童文学作品）的写作讥为"小儿科"。有些作家耻于写童话而改写成人文学，以免受"小儿科"之讥。我认为"小儿科"之说暴露出两个无知，一是对医学无知，一是对文学无知。小儿科医生的医术绝不应低于其他科医生，小儿科医疗的难度有时大于其他科。文学体裁无高下之分，安徒生是伟大的作家，正如莎士比亚是伟大的作家一样。严文井同意我的看法。

1980年3月13日下午，到严文井家谈工作、聊天，到六点半才走。严文井说："陈毅元帅说过，'我要读毛主席的著作，我们要读毛主席的著作，毛主席也要读毛主席的著作'。"

1980年4月，我到严文井家里，和他商讨人文社拟出版儿童文学刊物《朝花》的编辑方针。他语重心长地指出：不要老是灌输"阶级教育"了。而且，"四人帮"的"阶级教育"到底是哪个阶级的教育？是无产阶级的，还是封建阶级的？他话锋一转，说应该对少年儿童讲讲人性和人道主义。他说，人道主义的旗帜为什么奉送给资产阶级？讲人道主义，就是要弘扬人性。人性的对立面是兽性和神性。他说，如果否定人性，势必肯定兽性和神性。不久前看到一群孩子，为了取乐，把一窝小猫打死了。母猫不干，也被打死！这是非人性。"文革"初，一些十三四岁的女学生，戴着"红卫兵"袖箍，极其凶狠，打死了不少女老师！这是非人性！文井还现身说法，有一次，他幼小的女儿发脾气，号哭不止，愈哭愈凶，他开始忍耐，终于爆发，把孩子狠狠地揍了一顿。他说，这也是非人性。文井又说，兽，也不都是兽性的。他在五七干校时，见到几位"五七战士"嘴馋了，便宰了一条母狗，以狗肉解馋。那母狗生的三只小狗饿了。"五七战士"们可怜小狗，给小狗一盆饭，为了"优待"，在饭里拌了一点母狗肉。他们以为小狗一定爱吃。哪知小狗到饭盆边一嗅，掉头就走。三只小狗，只只如此。哦，有人想，是小狗不吃妈妈的肉？不是。狗不吃一切狗的肉，同类不相食，是它们的天性。也别以为狼那么凶残，会吃同类的肉。有一篇小说写一群饿狼，其中一只死了，立刻被其他狼撕食到精光。这是不正确的。兽并不都是兽性的。那么人呢？翻阅一下历史，几乎每朝每代都有人吃人的记载。鲁迅在《狂人日记》里写到人吃人，是象征，也是写实。人并不都是人性的。人面对不吃狗肉的狗，是不是该感到惭愧呢？文井说，鲁迅爱老鼠，似乎有点特别。其实，他是同情弱小。同情弱小有什么不好？同情心，恻隐之心，是人性的重要部分。那一群为取乐而虐杀小猫的孩子们，如果他们的这种性情继续发展下去，那么他们将会变成残酷的人，残忍的人，残暴的人。如果，他们当上了支部书记或者厂长之类，那将是非常可怕的事！所以，我们要教育孩子们勇敢，也要教育孩子们富有同情心。要让孩子们懂得：恃强凌弱，欺侮幼小，是最可耻的！文井概括地说，残暴的人在战场上未必勇敢，可能往往是怯懦的，富有同情心的人在战场上未必怯懦，可能往往是勇敢的！

文井也谈了神性。他说，神性跟宗教教义有联系。它往往教人迷信，教人愚昧。我国实行宗教信仰自由的政策，但我们不赞成用教条束缚人性。几千年来，人民吃了迷信的亏。文化大革命中，人民又吃了现代迷信的亏。现在，许多地方发生宗教狂热现象。有的地方人们把革命领袖当做神灵供奉，向领袖像顶礼膜拜，求卦问卜。真是奇怪的现象！现代迷信阴魂不散啊！我们也不要这样的神性。还是让我们的儿童文学刊物上多一点人性吧！

  1986年12月21日，我听人文社的同事季涤尘说严文井颈部生了囊肿，打电话给严文井问他病情如何。他说是良性的，没问题。严文井告诉我，他最近在看一些书，研究"我是什么"的问题。他说他是到65岁以后才有这方面的感受的，65岁以后才想到要研究这个问题。我说我小时看丰子恺的文章，谈到他有一天躺在床上看帐子顶，想到天花板，想到屋脊，想到邻屋，想到世界，想到地球、天体，于是想到这一切为什么存在，人为什么而活着。他去问别人，所有的人都说他是疯子。后来他终于找到了答案：在佛学中。我说我小时也曾想到这个问题——我为什么是我？我为什么不是我的哥哥，也不是我的妹妹？我是一个物质的存在，这是父母给我的，但我又有思维能力，这也是父母给我的？我为什么不能感受别人所感受的？总之，我为什么是我？但想了一阵子，无法解决，也就不去想它了。后来接受了马克思主义。严文井说：你想过这个问题，说明你从小就有一点悟性。我说千万不敢当，悟性是你的属性，悟性与我之间有一个绝缘体。

  1996年5月22日下午，我和妙英到红庙北里文化部宿舍看严文井。多年未见，他显得有些老态了。81岁，白眉毛，白胡子，下巴颏上的白胡子还很长。他走路只能迈小步子，像是挪动两只脚。我说："文井同志！作家协会曾为你80岁生日开了个祝寿会。我对作协有意见，他们不通知我参加。今天我来补课，向你祝寿。你身体好吗？"文井坐下来说，去年病了一场，很厉害，突发腰腿疼痛，原因是骨质疏松，引起骨质增生，上医院也治不好。一位亲戚给了一个中医偏方，配了药，有奇效，吃好了，但走路还是不如从前了。文井停了一会儿说，这下子我们可以谈谈了。我们谈了很多。

严：我们已经多年不见，幸而我还活着。这次见面，不容易，也是见一次就少一次了。所以有些话一定要说，不说就没有机会了。人文社的老同志，冯雪峰不必说了，秦兆阳、周游已经先走了。楼适夷常住院，韦君宜也常住院，不能动弹。只有萧乾很活跃，活得洒脱，因为他看得透，情绪稳定，心情好，所以活得长，已经86岁。秦兆阳就比较压抑，心里总有点不畅，走了！在《人民文学》编辑部时，秦兆阳去向上面周扬反映说严文井在这里不合适。后来我离开了，老秦为此一直对我抱愧。我倒好，我愿意离开这是非之地，去搞创作。路翎的《洼地上的战役》，是我发的。刘宾雁的《在桥梁工地上》等篇，都是刘白羽发的。但"反右"一来，老秦成了替罪羊！他（刘白羽）没事。他有本事。全蝉脱壳！

　　（军代表）张××整我的时候，你也说过"我们对严文井同志有意见"，表示你也是"革命"的，可以理解。我并不是算什么账。（军代表）孙××，人是好人，可以肯定。但是他不懂文学，不知道中国有一部小说《三国演义》。我抓古典，让韦君宜抓现当代。她吃苦，我是比较轻松的。只有一次，批《水浒》。姚文元传达毛主席指示，点名要我们去。恰恰我没有接到电话，有人还为我可惜——能见到姚文元，机会难得呀！结果孙××去了。他回来，根据他的记录，原原本本传达下来。（我）当时蒙在鼓里，一点也不知道内幕。主席只对北师院的一个叫芦荻的女教师——他的"侍读"，零零碎碎讲了关于《水浒》的一些话。姚文元见了，如获至宝，整理了出来。那时我们哪里知道"四人帮"搞这个活动是要打倒周总理？我分管古典，为这事着实烦恼了一阵子。要出《水浒》，姚文元下令，要写序。谁来写？我终于想到了"梁效"。于是去请，倒是答应了，但姚文元不同意署"梁效"的名。你看，姚文元很厉害！不过批《水浒》只是一场小战役，也没成什么气候。"好就好在投降"，什么意思！《水浒》还是金圣叹砍了后半的七十回本好。我就不喜欢一百二十回本。宋江是投降派？什么叫投降派？——当时的这些情况，你知道吗？

　　我：一点也不知道。

　　严：今天我讲了，你知道了。如果不讲，以后也没有机会讲了。

　　严文井讲到王致远时代，也就是指"文革"后期，不懂编辑业务来"掺沙子"的人说了算。

　　严：那时出的书，除《柳文指要》外，人文出了一本郭老的《李白与杜甫》。

　　我：书中的观点我不敢苟同。他是扬李抑杜的，抑得没有道理。

　　严：这本书的观点，很奇特。我在延安的时候，有一次毛主席在窑洞里跟我谈话，谈了他对李白、杜甫的看法，如说李白有道家气，杜甫像个小地主等。不知郭沫若怎么会知道的。《李白与杜甫》这本书里的观点，许多是毛主席的！后来，何其芳从牛棚里放出来后来访问我，我谈了毛对我讲的那些关于李白、杜甫的观点，何其芳做了记录。后来他写成一篇《毛泽东之歌》，收进了我讲的毛的观点，现在已经收在《何其芳文集》里了。——至于我个人，我还是喜欢李白更甚于喜欢杜甫。

我：我跟你相反，我喜欢李白，但更喜欢杜甫。

严：你可以保留你的喜好。不要因为毛主席不太喜欢杜甫就不敢喜欢杜甫……

我：怎么会呢？

严：李白的天马行空毕竟更可爱。

我：李白我也是喜欢的。

严：你知道我们社印的大字本吗？限印多少本。是老人家要印的，他晚年视力大降，只能看大字本。印成后，除老人家要一本外，再送给名单上指定的人。出版社留一本，做样书。还印了些黄色笑话！《笑林广记》之类。我离开的时候，把所有的大字本统统交给了发行部范保华存档，免得以后检查，说不清。

话题转到"文革"。文井讲他在"文革"时从厕所里掏出死婴，让我一辈子都难忘记。

严：你这个人，我了解。你不过软弱一点。只是你在"文革"中，在剧协，有一次我感到你的形象不佳。造反派批刘芝明（按：刘是文化部副部长，"文革"中成了走资派，黑帮），你也跟在后面，手拿小红书，摇着，混在造反派里面。你何必呢？那时你只是个普通群众。

我：我想自保。你不想吗？

严：哪里保得住？

我：我还有更糟的形象呢，我批判过田老，奉命批判。

严：我参加过一次田汉批判会，是听众，有人叫他跪下。他，国歌的词作者，不得不跪下，就那么跪下了。我觉得不忍！田汉对人民是有贡献的……

我：贡献巨大！

严：田汉那次挨斗，有一个男子批判他，说他跟国民党的一个当官的一起唱戏，其实那是一种周旋，应付。

我：没错。田老被监护起来，最后被迫害致死。他有糖尿病……死得很惨。

严："文革"中惨的事情太多了。——作协的牛棚在哪里，你知道吗？

我：不就是文联大楼的四楼吗？我见到张光年被圈在那儿。

严：还有，在顶银胡同。文联大楼四楼，我去那儿打扫了几年厕所。1966年末、1967年初，大楼被占，我们被赶出来。回来后，我打扫厕所，什么脏东西都有，月经纸、死娃娃……

我：那时全国出现"革命大串联"。那些串联的人把文联大楼占了，住了几十天。那时我也成了"黑帮"。剧协的人回到大楼后，我被造反派勒令打扫办公室和厕所。什么脏东西都有，点心盒、臭袜子、草垫子、裤衩，还有吃剩的食物、香烟、空酒瓶……厕所墙上和抽水马桶间门上涂写了不少乌七八糟的东西，许多文字歪歪斜斜，都是些挑起性欲的淫猥的文字和图画，我们去擦洗……

严：这些人就在那里搞"革命大串联"，干什么"革命"！就是在那里性交，乱交，生下私孩子、死孩子，便扔在马桶里。我用手，用胳膊，到茅坑（抽水马桶）里去掏，因为被堵塞了，只好用手去掏，掏出了月经纸，还掏出了死孩子，一经掏通了，满地满池的粪水就一下子呼噜噜流下去了。顾不得一身臭！

我：我打扫厕所打扫了两年半，不过没有用手连胳膊去掏过茅坑。

严：我算是副部级干部。"文革"前担任过作协党组副书记。后来，这个副部级没有了。作协不管。没有人承认。无所谓，一旦走了，骨头变成灰，风一吹，飘得无影无踪，哪个副部级能在空中飘洒几时？哈哈！

　　文井一边说，右手在半空中比画着，好像风正吹着空中

屠岸与严文井（右）

的骨灰。严文井的笑声，比画的动作，给我留下了极深的印象。听人文社老干处的干部说，人文社最后仅为文井争取到一个副部级的医疗待遇，不是整个副部级待遇。但他没有充分利用这个医疗待遇，因为他极少上医院，有病也不去。

1999年5月31日，人文社专家委员会在人文社四楼会议室开成立大会，严文井来了，还讲了话。他从《中国老年报》上提醒有些老干部用自己的医疗证为老婆、邻居取药的事谈起，说自己不大上医院，更不大上药房。讲到他和胡风的关系，他在《人民文学》时曾有信给胡风，是约稿。路翎的《洼地上的战役》《初雪》等是经他手发出的。所以要他写批判文章，他写不出。文井说："韦君宜写了《思痛录》，广东的一位编辑要我也写回忆录，我想来想去，不好写，就谢绝了。"

在严文井晚年，有人敦促他赶快出版他的文学作品全集。他说，不急。人问，你还等什么？文井说，按照天文学、地质学、哲学的预测，地球是终归要毁灭的。在地球毁灭前夕，人类要做星球移民。在这次大移民中，人类的文学瑰宝，如莎士比亚的戏剧，托尔斯泰的小说，李白、杜甫的诗，曹雪芹的《红楼梦》……将会随同人类一起转移。但是，不会轮到《严文井全集》。我急什么？

严文井真的没有为自己编全集。

2010年

"天真的乐观主义者"
——绿原追思

2009年9月29日上午，我得到消息：绿原兄在当天凌晨1时10分病逝于北京军区总医院。脑子受到猛烈一击，心潮起伏，不能自己！此前我虽两次准备去医院探望，都被他的夫人罗惠大姐婉谢，说要避免交叉感染。我深知罗惠是为我的健康，为我好。但毕竟失去了最后晤面的机会。这天下午，我亲赴绿原家向罗惠大姐进行慰问。我写了一副挽联带去：

译笔长挥歌德里尔克

诗思并驾艾青闻一多

罗惠说：评价太高了。我说：是高，但不是过高，是应该这样高。绿原在诗歌创作上的成就不次于这两位大诗人，绿原的爱国热忱、正义感、疾恶如仇的品格，跟这两位大诗人无分轩轾。我在绿原遗像前鞠躬，鞠完三个，觉得不够，再鞠……连续鞠了九个躬。罗惠连说：好了好了。我的眼泪已夺眶而出。

　　我对罗惠谈起我最初怎样认识绿原。1945年抗日战争胜利后，我在上海和一群诗友们组织"野火诗歌会"，我们这群"火"友对胡风主编的《希望》杂志上发表的诗歌作品非常赞赏，阿垅、鲁藜……都吸引我们，而我们最倾心的是绿原。他的政治抒情诗，外似冷峻，内蕴炽烈，激情似火，意志如铁，同我们那时的政治情绪完全吻合。他的诗是当时国统区有正义感的广大青年群众强烈政治情绪的凝聚、提炼和喷发，是具有浓厚诗质的政治宣言。我又买到一本绿原最初的诗集《童话》，发现这是一部纯粹的"天真之歌"。童话和政治抒情，风格不同，内容各异，但二者有内在的联系。原来他具有如此纯真的童心，所以他能写出烈火真金般的政治抒情之作。我和诗友们对绿原激赏不已，在"野火"诗会上多次朗诵了绿原的"匕首"和"投枪"。绿原成了我的诗歌偶像！

　　1946年2月14日，上海地下党主持的刊物《时代学生》编辑部在八仙桥青年会礼堂举行读者文艺晚会，在会上我作了诗歌朗诵。我选了绿原的《给天真的乐观主义者们》。这首诗一开头就说："群众们，可爱的读者们，我站在你们面前冷淡地读这首诗。"我在台上朗诵着，仿佛我就是诗人绿原，在"冷淡地"朗诵自己的诗。抗日战争末期大后方城市中的一切丑陋和腐恶暴露出来了！真善美和假恶丑的严重斗争揭幕了！

呼吸在战争下的中国人民，有多少个愉快，有多少个凄惶？

多少人在白昼的思维里，在夜晚的梦幻里，进行着组织"罪恶"和解散"真理"？

……

激动和愤怒达到极点，便化为"冷淡"。听众被定位为"天真的乐观主义者们"。诗人提醒那些对反动派抱有幻想的人们提高警惕。然而，诗人自己原本是"天真的乐观主义者"。他正是从"童话"中、从"天真之歌"中走来的真相提示者和罪恶抗议者。我天真地朗诵了这首诗。我的朗诵水平不高。但我听到了听众的反响，他们天真地惊愕了，震动了！"绿原？他是谁？"

我对罗惠大姐说，我认识到绿原的热情和正义感同样渗入了他的翻译作品中。1947年12月，我在上海《大公报》上发表《译诗杂谈（二）》，指出绿原译美国诗人桑德堡的诗《给萧斯塔可维契的信》，把"原作中可厌的语调一变而为庄严的节奏"，说"我们从这首译诗中所听到的，已不是桑德堡而是中国人民向新社会的灵魂的表达者——作曲家萧斯塔可维契的欢呼了"。绿原的这首译诗是又一首"天真之歌"。

我对罗惠说，新中国成立后，我依然关注着绿原。1953年，我惊喜地从一本刊物上读到绿原的新作《沿着中南海的红墙走》。我捧着这首诗，独自朗诵着："是那里面有一颗伟大的心脏，／是那颗伟大的心脏和我的心脏相连，／是我每次经过这一带，／我的心像喷泉一样，／涌出了神圣的火星，／我的脚步不能不很慢很轻。……"我朗诵着，激动得几乎颤抖起来。两个"天真的乐观主义者"又一次联手高唱起"天真之歌"来。

历史老人真幽默，仅仅两年之后，"那颗伟大的心脏"，就一棍子把绿原打入十八层地狱！

1955年5月《人民日报》连续公布了三批所谓"胡风反革命集团"的"密信"，编者按语指出绿原是中美合作所的国民党特务。这对我如五雷轰顶！我的偶像原来是"敌人"？党中央的喉舌，《人民日报》的按语，能不信吗？（更不用说后来了解到这些按语出于谁人之手了。）我百思不得其解，却又必须"理解"。这个"敌人"何以能写出如此天真的诗来？这样的"天真之歌"能伪装出来吗？不可能！但是，不能不可能！对党的信仰如磐石，对领袖的信仰如钢铁！在我所在的单位中国戏剧家协会的政治运动交心会上，我痛哭流涕，说自己太天真了，太乐观了，曾经被反革命的绿原所蒙骗，竟在公开的集会上朗诵过《给天真的乐观主义者们》。运动领导者见我表现异样，神情反常，立即提高警惕，随后对我宣布：撤销党小组长职务，停止组织生活，听候审查！以田汉为书记的中国剧协党组对我进行了大半年的内查外调，态度客观，最后宣布我可以解脱，但认为我受胡风、绿原思想影响太深，反省不够，还须继续检讨。一场风波暂时告一段落。痛定思痛，我想，我真的是一名"天真的

曾卓（左） 屠岸（中） 绿原（右）

乐观主义者"吗？

　　然而，我日夜期待的胡风、绿原等的反革命确证，都始终不见公布。我又想，恐怕不能太天真了。怀疑逐渐产生。

　　1973年1月我从文化部静海"五七干校"回京，奉调人民文学出版社。这次"乱点鸳鸯谱"式的人事安排，对我是歪打正着，正中下怀。更奇的是1978年我在萧乾家里与绿原不期而遇。原来他就在人文社所属编译所工作。第一次见面，他很低调。我因突然邂逅，一时也木讷寡言。他面上刻满了岁月的沧桑和苦难的印痕，但使我惊奇的是他内蕴的天真依然隐约可见。

　　一个偶然的机会，我读到绿原写于1970年的诗《重读〈圣经〉》。在史无前例的浩劫期间，他的书籍都被抄走了，却漏下一本《圣经》，疏星淡月，在囚牢般的"牛棚"里，他读起了这本他曾经读过的书。他开始了"地下写作"，用诗句记下了他的滚滚思潮。历史的审视和现实的感悟相重叠，古人的心性和今人的品格相比照，诗人抑制不住思绪的奔涌，心潮的激荡：

　　　　我当然佩服罗马总督彼拉多：

　　　　尽管他嘲笑"真理几文钱一斤？"

尽管他不得已才处决了耶稣，

他却敢于宣布"他是无罪的人！"

我甚至同情那倒霉的犹大，

须知他向长老退还了三十两血银，

最后还勇于悄悄自缢以谢天下，

只因他愧对十字架巨大的阴影……

诗人"读着读着，再也读不下去，再读便会进一步堕入迷津……"因为诗人想到了"文革"的"时代风情"：

今天，耶稣不止钉一回十字架，

今天，彼拉多决不会为耶稣讲情，

今天，玛丽娅·马格黛莲注定永远蒙羞，

今天，犹大决不会想到自尽。

人妖颠倒的本相揭示出来，假恶丑的实质暴露无遗。

"到了这里，一切希望都要放弃。"

无论如何，人贵有一点精神。

我始终信奉无神论

对我开恩的上帝——只能是人民。

寄希望于人民，而不是神仙皇帝。读到这里，我"顿悟"般感到：这才是痛彻心肺的天真，超越极限的乐观！

历史老人又发挥他的幽然，这次是施展到我的身上。1980年12月29日下午，人民文学出版社召开党员大会，我主持（当时我担任副总编辑，党委委员）。我宣布：绿原同志的胡风案平反，撤销对绿原的一切不实的指控，恢复绿原党

屠岸与艾青（右）

籍。当时我内心激动，血液奔流，手足俱热，但外表镇静。我又说："书面决定将在全社大会上宣读。同志们，看，今天绿原同志坐在我们中间！"胡风案发以后，绿原是没有资格出席党的会议的。那次党员大会开始时，大家还没有注意到绿原也出席了。当我称绿原为"同志"时，大家还有些惊异。我鼓起掌来，大家跟上来，掌声从稀疏变为热烈，最后变成一阵暴风雨。我不知道绿原当时的心情如何，我只看到他端坐在党员群众中，两眼发光，神情淡定。然而，他内心的激动和感触能掩盖得了吗？我想，他终究是个"天真的乐观主义者"！

世间的事情，真难逆料。也许是历史老人又一次施展他的幽默吧。1983年我出任人民文学出版社总编辑，绿原任副总编辑。这事之前酝酿新一届领导班子的时候，我向老领导韦君宜同志建议，让绿原担任副总编辑。

偶像变"敌人"，"敌人"变助手。亲密的合作把我们紧紧联系在一起。他负责外国文学编辑出版工作，发挥了他高度的聪明才智。我们共同商量方针大计，也一起研讨具体书稿。他对事业的认真，工作的勤奋，给我以突出的印象。

我们离休后，依然保持着不断往来，他的诗作，译著，理论著作，不断发表和出版。

我们之间不断有书信往来。2007年7月14日，他有一信给我，其中有这样的话：

屠岸兄：你4月6日大札收读。

我感觉您不仅身体和精神都好，而且记忆力也未衰退，许多事还记得很清楚。……

关于焦虑症和抑郁病，我没有直接经历过，但听有关研究人员说，在人生的旅途中，人的心理难免会留下某些"结"，例如以往"左"的政治运动给人造成的后遗症。这些"结"，在一定条件下可能会重新浮现，继续影响人的精神健康。

1955年胡风一案涉及2000多人，虽然最后戴帽子的大大少于关了一年半载便被解脱的人数，但所谓"解脱者"，在心理上其实已经受到了伤害（当然戴帽子的就更不用说了）。您的病症出现于运动中，1985年您再次患病，虽然这时社会上没有运动，但胡风一案在1980年尚未彻底平反，随着1985年胡风去世，社会上还出现各种说法，您的病也许与这一环境有关。几年后，该案经过二次、三次平反，您的心理也就随之逐渐康复了，这是很自然的。

专家认为，从保健的角度讲，人们应当学习遗忘；忘记负面的记忆、不快的记忆，不让它们"卷土重来"，方能在生活中轻松地开辟前进的道路。尤其晚间须避免用脑，最好不进行忆旧，不然容易失眠。

从上世纪20年代，能走到今天，是很不容易的，让我们平静地过好今后的每一天吧。祝愿您身心双健。……

话题没有离开1955年的那场政治灾难。我聆听着他的殷殷嘱咐，每一个字都是温煦，每一句话都是慰藉。

绿原于我，虽说一度成为助手，但不等于我比他高明。他在诗歌创作、文学翻译、学术研究方面的成就，远远高于我。他所受的炼狱之苦，也远远超过我。我感念他为我的译著《英美著名儿童诗一百首》写书评，为我编、选、译的《英国历代诗歌选》写序。这两篇文字也是对我的鞭策和鼓励。我始终视他为师友，是友，更是师。

绿原早期的童话式抒情诗，后来的激情澎湃的政治抒情诗，受难时期的沉思诗，后期探索宇宙人生的哲思诗，达到诗歌创作的高超境界。他的诗在中国大陆、香港、台湾，在海外，产生了巨大的影响。他的散文，他的学术著作，也取得了极大的成功。

绿原早年在复旦大学学习英文，因胡风一案被囚于秦城监狱七年，在狱中他自学德语。他精通英语、德语，懂得俄语、法语、拉丁语。他在人文社审读朱光潜的德文译著时提出详细意见，使朱教授大为惊异。他的治学毅力，令人敬服。他的译著歌德的《浮士德》，《里尔克诗选》，莎士比亚的《爱德华三世》、《两位贵亲戚》等，在翻译界和读书界获得广泛好评。

绿原著作等身。2007年武汉出版社出版了《绿原文集》六卷，这六卷文集只是收入了他的主要的著译，他还有许多著译也是有价值的，限于篇幅，未能收入。煌煌六卷，都是传世之作。

绿原对工作极端认真。他为人谦虚，低调，最不喜欢张扬。在原则问题上，他决不让步。他的诗集《另一支歌》获第三届全国优秀诗歌奖。他译的《浮士德》获第一届鲁迅文学奖文学翻译彩虹奖。1998年他应邀赴马其顿的斯特鲁加，被授予第37届国际诗歌节金环奖。他珍惜荣誉，但从不炫耀。他的著译特别是他的诗歌，将长留人间，给一代又一代人以心灵的滋养，将永垂不朽！

我与绿原的相识、相遇，是常中之奇，奇中之常。人的生老病死，是自然规律，不可抗拒。我在林边伫立，仰望白云，心中只有默默祝祷。

2007年绿原与我约定："让我们平静地过好今后的每一

天。"我谨守这个约定。如今，他已经平静地走完了他的人生旅程，去了天国，那真正的天真之国，乐观之乡。我谨以最高的虔诚，为他祝祷，愿他的诗魂在缪斯所居的赫立崆山上做永远的遨游！

2009年10月

不屈的脊梁，质朴的诗风

——记牛汉

我最初是在1954年从人文社的劳季芳口中听说牛汉。她带着尊重和赞赏的口气说到牛汉和他的诗。从这时开始我注意到牛汉的诗风，我把他和阿垅、绿原等放在一起看待。1955年反胡风运动开始，我从揭发材料中多次见到牛汉的名字。1973年我奉调到人文社工作。大约在1975年我在人文社阅览室见到一位身材高大的同志在埋头工作，见我来，与我打招呼。我请问他尊姓大名，他说："牛汀。"（这个"汀"字应读ting，但社里人人叫他牛丁［ding］，他自己也称牛丁。）我说，原来是你。从此认识了。但交谈不多。1978年，牛汉到《新文学史料》工作，由于工作关系，我们的接触多起来。再后来，我们交谈的内容渐渐涉及文学、诗歌。

1985年，我的抑郁症犯了。1986年8月，农垦部长何康邀请作家们去新疆，其中有我，妻妙英听说牛汉也去，就请牛汉照顾我。我们同岁，他比我大一个月，对我很关心。

　　牛汉比我先一天到达乌鲁木齐。我乘飞机到达时，牛汉到机场来接我。我们一起访问了北疆和南疆，到生产建设兵团的许多垦区进行调查、采访。一路上，可能是为了照顾我，他和我几乎总住在一室。

　　旅途中，牛汉说了许多让我印象深刻的话。一天，在沙漠中看到水一样的东西，我说像海波。他说，你再仔细看看，这是沙浪，不是水浪。我再看，果然如他说的。在吐

屠岸与牛汉（右）

鲁番我们看星星。他说，你看，天高不高？我说，天总是高的。他说，我们这里看的天，是地球上看到的最高的天。原来，吐鲁番，尤其是那里的艾丁湖，是地球上最低的地方。据此，这里与天的距离最远。

在北疆看赛里木湖，那是我们在那里的最后一天。阳光在湖上移动，有云，时时变化，变得凄美。牛汉说，湖水在变，变得悲哀了，在向我们告别。

我们乘飞机从乌鲁木齐到喀什，看到飞机外的云和山。牛汉说，山跟云很像，山是不动的云。我接着他的话说，不动的云是云，动的云是山，他说，你这个说法更好。

在南疆，有一次在夜里，听到牛汉大叫。醒后我问他，是不是做梦？他说是手压在胸口上了。他讲了他精神上受过的创伤，讲了他常常梦游。有一次他说，旅行在外，就像梦游一样。

他说，到新疆收获大，一定要写诗。

返京时，火车到兰州站，他变得沉默了。兰州对牛汉有特别的意义。他的第一首诗，就发表在兰州。我觉得他对兰州有依恋。火车离开兰州站后，他对我说，他性格中有母亲的刚烈的东西。旁边有人跟他谈话，他说：我新中国成立前坐过牢，新中国成立后也坐过牢，毛主席他老人家关心我。

我跟牛汉的交往，更多的是在交流读诗、写诗及共同参加一些诗歌活动上。1986年一同访问新疆时，我曾说，你的诗看起来很平易，但仔细看，一遍、两遍、三遍，内涵深厚。我的诗，水平不高，不如你。但他却说，你有你的风格，你的十四行诗，是可以的，你有你那个题材的特点和手法。但你不属于学院派，你有40年代参加学生运动的经历，因此你还有另外一种诗，另外一种气质。

1996年1月，牛汉打电话来，说到我在新疆《绿洲》上发表的那组十四行诗，表现出一种宁静的气氛。他问，这组诗是不是你写年轻时的爱情的？我说对。他说他一辈子没有写过一首爱情诗。我知道他受的苦，他心中很少甜蜜。

1999年5月我和牛汉一同去云南访问。在飞机上，牛汉说他正在编《中华人民共和国五十年文学名作文库》的"新诗卷"，卞之琳任主编，牛汉任副主编。卞老年龄大了，责任在他肩上。他说，入选的五分之四的诗人只能一人选一首。最多的一人三首，如艾青。他选了我的一首《白芙蓉》，他说这首诗"就是好"。我说，你选我一首，我很满意。对于自己的作品能否入选，我并不是不在乎，是在乎的，但不是太在乎。太在乎就会烦恼，我不烦恼。

2002年6月24日，他打来电话，说见到了《诗刊》6月下半月刊上《诗人的青年时代》栏，认为章燕的文章《诗美的执著追求者》写得很好，把我早年的诗歌创作的脉络说清楚了。又说，同时登载的我的短诗《凶黑的夜》，他读时很震动。一个"火"字给人以突兀感，是一种撞击！他说刚收到刊物，见到这一栏，所以马上给我打电话。

牛汉，一个性情中人！

2003年3月21日，在一个有食指、邵燕祥等人参加的诗朗诵会上，牛汉说，他收到了我寄给他的《屠岸短诗选》，说写得精致。又说他很惭愧，诗写得粗糙。我不怀疑牛汉的真诚。但他应该明白，他的朴素，他的诗中的生命体验，是我达不到的！

2003年4月17日，我接到牛汉的电话，说收到了章燕的文章《牛汉诗歌中生命体验的潜质》，评价文章写得很精练，不错。又说，"生命体验"不仅只存于他这样的诗人，别人，比如你屠岸的诗中也有。我说他的诗中的生命体验与别人的不同。牛汉说他的诗粗糙，并说卞之琳曾批评他的诗，说写得散。所以他写了一篇悼念卞老的诗，写得紧凑，是要使卞老高兴高兴。我说他的诗的特质是朴素。卞老的诗是惨淡经营的，自称"雕虫"，人称他"微雕大师"。牛汉的诗不是雕出来，而是流，或涌出来的，但也经过了提炼，没有一个多余的字。

第一个讲我是学者型诗人的，是牛汉。1988年4月他就这么对我讲。我觉得我不够。另外，诗人的称号，我也觉得我不够。冯雪峰说过，诗和人连在一起，才叫诗人。这是个庄严的称呼。我同意雪峰讲的。我还不够这个称号。有的时候要写个人简介，只好用诗人这个称呼。牛汉信中对我的评价，明显是过誉。但他是出于真诚。他不是恭维，恭维我不喜欢。

1988年，牛汉在《新文学史料》当主编，给我一封信。信中举了一些例子，谈了抢救史料的重要性、迫切性后，对我讲："屠兄，我们事实上也成为'老家伙'了，有些值得回忆的人与事也应及早写写。在此我向你约稿，1. 写自己的传略，如不愿自撰，请人写；2. 回忆文艺界的一些大作家、大事件。有空有情绪时就写一些。我也在暗暗地写这方面的文字。"

此后，我们这种朋友间的交流一直继续着。有时通过书信，有时通电话，有时是面对面倾心的交流。

到了1992年7月27日，他又给我来了一封袒露心扉的信：

屠岸吾兄：

我也十分想念你！只要回忆起1986年那次新疆之行，

就想起我们朝夕相处的50天，许多有情趣的细节，都没有淡忘，真应当写几篇散文（题目都已想好了十几个）。这两三年，我闲得苦，练习写写散文，我着重散文的"散"的境界。这几十年的"紧绷绷的"生活，需要真正松散一下。写一些之后，才晓得像我这么一个人想要从过去的规范了我的人生的躯壳中解脱出来，是多么的困难，只能把僵硬的骨骼稍稍松动一会儿。这已经十分令人高兴了。聂绀弩老兄晚年自号散宜生是很有意思的。其实他的一生在我看已经够散的了，他仍然觉得很不自在。他到七十开外之后，才尝到一点清净的滋味。我在香山卧佛寺见到一块匾额：得大自在。四个字。我对绀弩说了我对这四个字的体会。我说得与德同义。他说何必一定扯上那个人为的德字，得就是得，自自然然的一个人生境界。去年我到过一回黄河口，看到了入海时的黄河，它平静得令人吃惊，几乎没有波浪与声音。因为它融汇了千百条河流，经历了一切艰险，之后，才获得了最后的（也是新生的）伟大的境界。聂绀弩是一条大河。你与我都是一条小小的河。我这么看，是不是有点自我欣赏，或许我们只是一条浅浅的溪流而已。胡写一通，博兄一笑。

……

"得大自在"谈何容易！如果说，绀弩是一条大河，牛汉是一条小河，那我恐怕真的只是一条小溪。但我决不会满足于是一条小溪，我还将努力。

1998年7月，在人文社组织我们在北戴河疗养期间，我与牛汉又有比较多心灵深处的交流。我们谈到好几位当代诗人。牛汉还讲到一个事件，1950年，上级领导找他谈话说，准备派他到苏联去学习，专学保卫工作，而且说这是终身职业。牛汉考虑过后，婉言辞谢了。成仿吾知道牛汉拒绝了做保卫工作，所以特别提醒他注意一些事。牛汉一辈子感谢他。牛汉说，这件事他很少对人讲，许多朋友都不知道他有这一段遭遇。

我说，我非常赞赏你的散文，那是一种性灵的抒发。"文章本天成，妙手偶得之"。要做是做不出来的。

我跟牛汉共同参加了许多诗歌的活动，但没有想到有一次，竟然是我成了给他颁奖的人。我也没有想到，他回敬我的动作，让我止不住流了泪。

2004年6月22日，这天是端阳，8时半到中国现代文学馆，参加"首届新诗界国际诗歌奖颁奖典礼"。唐晓渡给我一个"突然袭击"。说，本来讲好蔡其矫作为老诗人讲话，今天蔡其矫没有来，要屠岸临时作为老诗人讲几句。我即变

屠岸与牛汉在"'新诗界'国际诗歌奖"颁奖大会上

成鸭子被赶上架,讲了五分钟。然后是颁奖仪式开始。唐晓渡又给我一个"突然袭击",说:请谢冕和屠岸给牛汉授奖。于是谢冕拿证书,我拿奖杯上台,授给牛汉。我为了祝贺,给牛汉右颊一个致敬的吻。牛汉忽然抱住我,还用右手抚摸了一下我的头顶!

当时我不禁涌出热泪。我不知为什么!回到座位上时,依然掩饰不住流泪。当天晚上,成幼殊在电话里说:有意思!牛汉把你当小孩子。

我不知道牛汉是不是像成幼殊说的那样,把我当成"小孩子",我只感到在我们的交往中,我们都是敞开心胸的。

2001年5月30日晚,我与牛汉通电话。我问他对周作人附逆如何看法。他说：绝不可原谅，这是大节。牛汉又说，周也做过一些好事，如送李大钊女儿李星华到解放区，保护北大校产等，但不能掩盖其大节。我说，也许是脚踏两条船，为自己留一条后路。牛汉认为很可能。牛汉谈到舒芜，说舒芜叛卖朋友，是大节，不可原谅！多少人被陷害了！

牛汉很早对我讲过，把长城作为中华民族的象征，他不赞同。他认为，长城是把中国内外分开了，不是把民族团结起来的东西。2006年开作代会，给每位代表发一个长城纪念章。我问牛汉怎么看，他说，过去的看法没有变，但现在可以把长城当做中华民族的一道伤痕。

牛汉，一个性情中人！

2010年

大城市两端的一线连系

——萧乾信息

2005年1月29日，我到王府井新华书店参加"纪念萧乾诞辰95周年暨《萧乾译作全集》出版座谈会"。中央文史馆的一个人告诉我，萧乾、文洁若合译的《尤利西斯》的稿费全捐给了文史馆。陆建德说外文所的图书资料中有许多英国文学原著的好版本，都是萧乾捐的。座谈会结束后，一行人被送到建内大街北京市政协大楼内部餐厅用午餐。文洁若这年78岁，她说她要活到100岁。大家频频举杯，向她祝贺。吃完饭，她让服务员打包。一盘鱼，已经吃得只剩下骨头了，百分之八十的鱼肉都没有了。桌上有人建议她不要了，她却异常坚决，命令服务员：打包！她一个人生活，不用保姆，自己采购，自己做饭、洗衣。她说，打包带回去的食物，放在冰箱里不会坏。有人说，放在冰箱里不能保质。她根本不听，说"一粥一饭，当思来处不易；半丝半缕，恒念物力维艰"。

1995年10月27日晚上，同事林东海的儿子送来东西，一是萧乾在河北教育出版社出的书《人生采访》，扉页有题字："90年代再版的40年代的拙著，呈请屠岸兄指正。萧乾，1995年10月。"真是太客气了。二是杂志《世纪》1995年9、10月号。这份杂志是中央文史馆和上海市文史馆联合主办的，编委会主任是冰心和萧乾。这期杂志的头条是文洁若的文章：《日本休想赖账》。文洁若还在目录页上写着："屠岸同志留念，洁若。1995年10月16日。"又注有一条："我们把《尤利西斯》的稿费捐给这个杂志。"

萧乾和文洁若捐给中国现代文学馆几万块钱。他们把《尤利西斯》的稿费捐了，还宣称，后人翻译要参阅或借用他们的《尤利西斯》译文，拿去用好了。

我跟萧乾1946年开始通信，那时我在上海，跟他还不认识。我买到一本萧乾编的《英国版画集》，觉得很新鲜，因为过去只看到苏联的版画，便写信寄到出版社。我没有想到很快收到萧乾的回信，说收到出版社转的信很高兴，因为他知道读者的反映了。这封信一直保留到"文革"。

我和萧乾真的见面是在1977年，华侨作家方方要见萧乾，我陪方方去萧乾家。萧乾家当时在天坛南门，我们还一起照了相。

80年代初，萧乾每年都来我家贺春节，我请他不要劳驾了，他说他随便来看看我，因为我住的这个地方，还有几个他要看的人。有一次他来找我，他译易卜生的名剧《培尔·金特》，里边有像诗那样分行的歌词，请我帮着翻译。我说我试着译出来可以供他参考。他亲自来取。他最后给我讲，没有用，因为风格不一样。他说抱歉，我说没关系。1983年2月6日，萧乾通知我，去看《培尔·金特》的连排，中央戏剧学院派车来接。《培尔·金特》由萧乾翻成中文后，中央戏剧学院把它搬上舞台。演出开始前，萧乾送给我一个纸口袋，说里边放着榴莲糕，还有一瓶小小的威士忌。这是他们夫妇上月从新加坡回来时带来的礼物。榴莲我没有

屠岸与萧乾（右）

吃过。吃过榴莲糕以后，发现纸袋里有一封短信：

> 屠岸同志：
>
> 说明一下这个怪水果：榴莲。
>
> 味道不太顺，但它是南洋最有代表性的水果，是作为南洋客能否留在南洋的一种考验。吃得下即可留，否则迟早得离去。如今做成了糕，因原水果易腐，且味比这还要怪。您试试看吧。
>
> 萧乾

1982年7月，我和人文社的几位同事到烟台度假。我跟萧乾住一屋，出版社约萧乾翻译英国小说家曼斯菲尔德的短篇小说集，他没有工夫。他知道我的女儿章燕在北师大学英语，喜欢曼斯菲尔德的作品，说让章燕来译。我说章燕还是大二的学生，恐怕功力不够。他说没有关系，琢磨琢磨总是能译。回京后我给章燕讲了，章燕译了两篇，寄给萧乾审阅。萧乾对章燕很关爱，写了信给我，又专门写了信给章燕给予指点。我们很感谢。

1982年我和方谷绣（妙英的笔名）合译的英国斯蒂文森儿童诗集《一个孩子的诗园》出版，我给萧乾送去一本。

立即收到他的回信，信中说："病榻上得您新译《一个孩子的诗园》，喜甚感甚。这样以童心为题材的诗，是稀有的品种，经你和方谷绣同志移植过来，功德无量。我更欣赏的，是你为此译本所写的序——相对而言，可以说是篇'长'序，追述了你20世纪40年来同这本诗集的姻缘以及在这漫长的岁月中你对每首诗在各个不同时期的玩味。……我认为这一做法在翻译界有提倡一下的必要。"同时萧乾还提出选编一本《童心诗选》的建议。我即于同年11月9日给他回了信，赞同他的建议。从1994年到2004年，我陆续编译出版了《英美著名儿童诗一百首》《英美儿童诗精品选》三种和《英美著名少儿诗选》六册。这些工作应该说也是萧乾的鼓励所促成。

1990年7月我病了，在中日友好医院住了一个月。查不出病因，出院后写信告诉萧乾。他说："我们住在这个城市的两头（东北——西南），又都是病号，只能遥遥默默相互祝福。闻兄已排除任何恶性疾病，甚喜，希望多多保重。"他告诉我他的身体情况及创作情况，说他在写回忆录，最后问我："兄计划如何？在健康允许下，动动笔还是莫大的快乐。"

我跟萧乾的通信，有几十封，有谈翻译的，也有谈其他事的，有时候，写得简单，像是便条。这封信，可能是他给我的最后一封，我感到亲切，他的打算，他的健康状况都讲了，而且对写作的事也有共同语言。我们的友谊很珍贵。我们有年龄差别（他比我年长13岁），但长期在一个单位工作（他担任中央文史馆馆长前，在人文社任顾问），他关心我，也关心我的女儿的成长。

萧乾过世了，但当年交往的温馨回忆始终留在我心中。

奇异的音乐

辑二

芳草地梦回

　　北京城朝阳门外有一块地方，名叫"芳草地"。一听到它，就会想起诗句"天涯何处无芳草"，或歌词"芳草碧连天"等。20世纪50年代，中国文学艺术界联合会所属的几个文艺协会剧协、音协、曲协等在芳草地建有一个宿舍区，一律平房，齐齐整整，以"院"为单位，每院有房六间，一个大天井，可容三户居住。院院相连，成排成行，中有通道，连绵约50多个"院"，不能说蔚为大观，也算得小有规模。

　　作为中国戏剧家协会的干部，我于1956年1月从东四四条搬到芳草地中国文联宿舍，直到1961年4月迁到和平里为止，在芳草地住了五年零四个月。从此，芳草地在我的心中成了一种永久的纪念地。

　　20世纪50年代的北京，从旧中国解放不久，许多地方保留着老北京的痕迹。芳草地东邻东大桥，南近日坛，北接三里屯，西傍东岳庙。宿舍周围有坟冢累累，杂树丛丛，土岗兀兀，泥路弯弯。1955年，经历了反胡风的政治风暴和肃反运动。我因与胡风有过仅仅一次交往，曾经在集会上朗诵过绿原的诗，又在受胡风影响的刊物上发表过作品而受严格审查，被撤销了党内职务并停止组织生活。幸而最后组织上宣布我可以解脱。所以，我是带着松了一口气的心情来到芳草地的。我感到这里环境虽然有点荒凉，但是境界开阔，气氛宁谧，比之于城内的繁杂和喧嚣，这里安静得多。早晨起来，可以听到鸟鸣啁啾，下班回家，可以站在泥丘上远眺夕阳西坠。年幼的女儿小建从远处奔来投入我怀抱的情景至今历历在目。当然，安静中也蕴含着秘密的骚动。当时我担任《戏剧报》常务编委和编辑部主任，有时把编辑部搬到家里，在家中审稿，改稿，定稿，画板样，送印刷厂，和同事们亲密合作，屋子里灯火彻夜通明。1956年我和同志们工作的劲头较大。田汉同志那时是剧协主席，《戏剧报》社社长，是我的领导。他的两篇掷地有声的文章《为演员的青春请命》和《切实关心和改善艺人的生活》，就是经过我手，在芳草地编发的，登在这一年的《戏剧报》上。当时我哪里知道这两篇文章10年之后会成为导致田汉同志死于非命的"罪证"之一！这一年浙江省昆剧团演出的《十五贯》在北京和全国打响，《戏剧报》为此发表社论《反对戏曲工作中的过于执》（常务编委伊兵撰稿），也是我在芳草地签发的。当时我同样没有估计到10年之后这篇文章会成为造反派大字报万箭齐发的靶子之一，伊兵同志在严酷迫害下早于田汉两个月撒手人间！

无论如何，1956年的芳草地，还是安静的。我的儿子宇平，诞生在这年9月，给家里添了许多温馨。我的许多同事，好友，都在芳草地静静地，勤奋地思考着，研究着，撰写着，工作着。正如一位女作家说的，"工作着是美丽的！"《戏剧报》常务编委戴不凡，戏剧评论家，原在浙江杭州工作，写了一篇批评田汉所编《金钵记》（《白蛇传》前身）的文章投给《人民日报》，刊登了。田汉同志不仅欢迎别人对他的批评，而且求贤若渴，特地通过组织把戴不凡从浙江调到了剧协。戴不凡与我是隔壁邻居，他的许多理论著作也产生于芳草地。我与他不时有着学术方面的互助。他家中收藏着几架子的线装书。我收藏的却大都是英文原版书，于我当时的工作无大助。我写为秦腔《赵氏孤儿》辩诬的评论文章，需要一些参考资料，便从戴不凡的书架上觅得。《剧本》月刊编辑部主任李何也是芳草地的住户。那时他正酝酿写一篇关于田汉剧作的长篇专论，与我商讨如何进行艺术分析。哪里料想到在第二年（1957）的政治风暴中，他会成为一个"阴谋"小集团的为首者被戴上右派的帽子，连降三级，从此丧失了一切发言权，在"十年浩劫"期间猝死于牛棚之中！——我，作为"棚友"，把突然晕厥倒地的他用板车载着护送到隆福医院，随即听到医生宣布他的心脏已经停止跳动！《戏剧报》常务编委张真，戏曲评论家，也曾是芳草地的短期住户。他的"有鬼无害论"比廖沫沙的要早至少10年。50年代初，他就撰文反对有的戏曲剧团把《李慧娘》中的鬼魂改为人。是他第一个站出来声称李慧娘的鬼魂形象是人民愿望的体现，不能以迷信视之。也是他，第一个出来为《玉堂春》辩护，反对某些论者把王金龙贬为无耻的嫖客。他从而被誉为"敢为天下先"的剧评家。正因此，在"十年浩劫"中他受到了猛烈的挞伐。他的一部分评论著作产生在芳草地。有一次他到周围散步，经过西侧的琉璃牌坊和那条名叫神路街的路，回来后写了一首诗，其中一联是："地名芳草泥塘烂，路号神街野鬼多。"我说，这两句太凄凉了，是否可以改为："地名芳草春光烂，路号神街灵气多。"（张真的"烂"是"破烂"的"烂"，我的"烂"是"灿烂"的"烂"。）现在看来，这确实是妄改！

我在芳草地居住的第一年，1956年，是心情比较愉快的一年。这一年5月份，我被选为剧协的唯一代表，参加全国文化先进工作者会议和全国先进生产者会议。受到毛泽东、刘少奇、周恩来、朱德等领导人的接见。中共八大第一次会议宣布疾风暴雨式的阶级斗争已经结束，我心中的由反胡风运动留下的阴影逐渐淡出。这年初，毛泽东主席宣布实行"百花齐放、百家争鸣"方针。中宣部部长陆定一专门写文章阐述"双百"的意义，指出做文艺工作有独立思考的自由。这使我心情非常舒畅，工作干劲大大增强。我在20世纪40年代初开始，养成写诗的习惯，1949年后，诗的灵感却完全枯竭了。可是在1956年诗情忽而涌出，写了两首诗，其中一首的题目就叫《芳草地远望》，写出了当时芳草地给我的真实感受和我作为芳草地的居民所怀抱的希望。

　　愉快和舒畅的心情随着1956年的结束而成为过去。1957年反右运动把我和其他芳草地居民们投入了一场政治大风暴。我由于在文联墙报上发表文章提出刊物编辑的领导人应由内行来担任，经过选举产生，反对党组织指定。以及其他言论，受到严厉批评。由于"错误"严重，书面检讨写了一遍又一遍。我的妻子章妙英陪着我在芳草地宿舍里熬夜，为未能阻拦我把有"错误"观点的文章发出去而追悔不已。1958年正月，我被下放到怀来县从事惩罚性的劳动以改造思想。但我头上的德莫克里斯剑还悬在那里，不知道什么时候会飞下来。我随时准备回到单位去接受新的批判。5月，我心力交瘁，回京治病。等着我的是又一轮批判。直到这年秋天某日，支部书记李之华通过章妙英告诉我："屠岸是个好同志，有错误，改了就好。"这一天，我才睡了一个囫囵觉，觉得芳草地的草仿佛飘出了一点"芳香"之气。

但是，这种感觉也只是昙花一现。我随即想到，《戏剧报》和《剧本》月刊两个编辑部，有多少同志被打成了右派！数一下人名吧：唐湜，陈朗，戴再民，阮文涛，张郁，方轸文，李诃，杜高，容为曜……他们之中有些人所以被划为右派，是因为在《戏剧报》上发表了他们写的文章或报道，而这些文章或报道的发表，是经过常务编委张颖和我批准的。《戏剧报》在上海的特约通讯员汪培的报道《上海戏曲演员的意见》一文，是我约的稿也是我发的稿，汪培为此被上海市文化局划为右派，而我却躲过了这一劫！更严重的是，汪培原要把这篇报道送上海市文化局审查，是我写信给他，让他不要送审，以免旷日持久。汪培成为右派，与写文章发表不送审有关。啊，对此，我能安心吗？失眠症时断时续。芳草地之夜啊，芳草地之夜！窗外的白杨站在寒风中，发出萧萧的鸣响，长久地、长久地伴着我度过失眠的夜晚。

我的同事和诗友唐湜，才华横溢，既擅写诗，又懂戏曲，1954年由李诃介绍，通过人事部门调到《戏剧报》。他与我同住芳草地。1938年他18岁，血气方刚，向往革命，奔赴延安，中途被国民党逮捕，关押在西安集中营，与李诃成为同狱难友。1955年肃反中他和李诃都受到审查。1957年春党号召鸣放以帮助党整风时他对党提出合理意见，这使他遭了大祸。1958年5月我从怀来县回京治病时，才听到：这年4月，唐湜被定为极右分子，开除公职，已由公安部门押送到黑龙江劳改。他的家属则遣返原籍浙江温州。芳草地宿舍中的唐湜住宅，已成为空巢，暂时无人居住。秋风萧瑟，星月疏朗，我独步走过唐湜旧宅，不觉悲从中来。忽想起清初顾贞观为挚友吴兆骞犯事发配宁古塔而写的千古绝唱《金缕曲》二首。"季子平安否？……"但立即自责：我是党员，党发动的政治运动是正确的，必要的，我怎么能有这样的思想？……但是，但是……诗人唐湜真的是反党吗？……回到家中，窗外的白杨萧萧，又伴我度过一个不眠之夜。（2003年11月我赴温州参加著名"九叶派"诗人唐湜诗歌创作研讨会，他已83岁高龄，行动不便。我与他重逢，一时激动得泪如雨下！）

　　1959—1961年是寒冷的年月。由"大跃进"造成的大饥馑席卷中华大地，芳草地怎能幸免！每晨赶到办公地点文联食堂去喝一碗粥，稍晚一点便没有供应了，挨饿也没有办法。每晚下班回到芳草地，女儿小建胸前挂着屋门的钥匙，在宿舍门口的冷风中迎接我和她的妈妈。机关里制作"小球藻"，说它可以抵粮食，每日下午喝一杯"小球藻"汤说是可以增加热量。但这其实是自欺欺人的荒诞剧。下班回到芳草地，往往饿得晕眩，一把搂住了小建。但是，一位在外地的右派同事要求救济时，妻还是同意我把粮票寄去。不能眼睁睁看着人家饿死啊！在晚饭桌上，女儿小建往往把碗里少得可怜的食物匀一些给她的弟弟宇平。做父亲的我却不能，因为还要审稿熬夜啊！我从心里感到，女儿是与我和妻共过患难的孩子！芳草地，哪里能闻到一点饭菜的芳香啊？芳草地，真是一块寒荒之地！在这里，我终于得了浮肿病。最后导致全身浮肿，肺结核复发，病灶形成空洞，不得不于1963年春住院动手术，切掉威胁着我生命的右侧病肺一叶。这已是离开芳草地一年之后的事。尽管离开了它，但它的寒冷的阴影依然长期伴随着我的神经——这也是一种纪念！

据说，芳草地在新中国成立前曾是处决犯人（包括政治犯）的刑场。张真的诗句"路号神街野鬼多"不是没有根据的。我妄改为"路号神街灵气多"也是根据同一事实，只是从另一角度着笔罢了。我也曾写过一首诗，把芳草地的白杨树歌颂为烈士英魂的化身。此诗已佚。1961年我家搬离芳草地之后，没有再去过。但它是我心中的一块永久的纪念地。十年"文革"过去了，庆祝粉碎"四人帮"的锣鼓敲过了，改革开放至今也已25年了。中国发生了翻天覆地的巨变。但我没有忘记芳草地，我还时常想起它。每当我背诵陶渊明的《桃花源记》，诵到"芳草鲜美，落英缤纷……"时，更会想到它。连接着想到的，是秦观的词《八六子》："倚危亭，恨如芳草，萋萋刬尽还生。"

哦，芳草地！它现在怎样了？早已"旧貌换新颜"了吧？哦，还有，芳草地的地下居民们，那些"野鬼"或"灵气"的载体们，你们怎么样了？你们还记得伴我度过失眠之夜吗？我想啊，你们的忧愁和喜悦恐怕是无止境的，正如我的忧愁和喜悦一样，"忧端齐终南，澒洞不可掇。"……

2004.4.2

萱荫阁沧桑

　　董宁文先生嘱我写一篇谈谈自己书房的文章。提起笔来，便有如许往事，涌上心头。我的书房，位于北京和平里我的住所之内，是个14平方米的"斗室"，而且"一身而二任焉"。书房兼卧室。我家现有书橱17个，书房里置6个，其他另置一客厅兼卧室中，还有两个，置于门外"单元"过道内。然而书源依然不断，17个书橱仍然容纳不下，所以书房地板上又堆起书籍，不断扩展领土，增加领空。或曰我家有"书灾"，此言不虚。1999年8月某日，半夜梦中忽被一声巨响惊醒，原来是一架书橱承受不了重压而轰然倒塌，我被埋在文海字山之中！

　　书的爆满非一日之功。而且，书的盈亏也随着历史的演进而不断变化。1953年我从上海奉调北京，带来了一大皮箱书籍，其中有大量英美文学原著，其来源是：1941年底太平洋战争爆发，日军进入上海租界，英美居民被抓进集中营，他们家中的藏书大量流入旧书市场。当年我把零用钱全花在

· 87 ·

屠岸与妻子章妙英

购书上，觅得了许多极好的版本。"文革"开始，一位女同事的公婆因家中藏有外文书，被红卫兵诬为"里通外国"，当场打死。我怕殃及老岳母，便狠心把那些英文书以低价卖给了废品收购站。一些中文图书也在被两次抄家后失落殆尽。于是书房成了"空巢"。改革开放以来，我几次出访，到美国、英国及欧洲大陆，又购得或获赠了大量新的原版书。不过上世纪40年代在上海购得的那些版本，如今在英、美书市上早已不见。于是我书房里的外文书又逐渐多起来，而中文图书则增加得更多。真是的，书房也是"三十年河东，三十年河西"啊！

我定居在和平里，始于1961年，到现在已经42年。在这近半个世纪的年月里，我与书房"风雨同舟""荣辱与共"！"文革"结束后，我给书房命名为"萱荫阁"，这是沿用我母亲的画室名。母亲用此名以纪念我的外祖母，我沿用它以纪念我的母亲。同时，用母亲的勤奋、善良和坚韧

屠岸在家中书房（2004年）

激励我自己。我的第一本诗集叫《萱荫阁诗抄》，就是用这个名字。我当了几十年编辑，工作不限于上班的八小时，时常"开夜车"，就在这书房里。每到疲劳困顿时，一想起母亲的慈容，便又抖擞精神，继续熬夜。我的七八本著作（诗集、散文集、评论集等）和十几部译著，大半完成在这里。

"文革"中约有两年时间，在造反派的"勒令"下每日必写的"思想汇报"以及"认罪书""斗私批修狠挖私字一闪念"等，也都在这里写成。1967年秋天，我已完全不能适应

当时精神上、人格上受虐的处境，产生了对死神的极端亲切感，啊！I have been half in love with easeful death! 为了迎接它，我作了时间、地点、方式的具体安排。方式之一就是在书房的木制窗帘架横梁上挂绳子，以便把自己吊上去。先试验了一下，却不知那木条是承受不了我心情的沉重，还是为了怜惜我这微不足道的生命，竟"咔嚓"一声断了。此事到上世纪90年代我与家人谈起，孩子们说，曾经老是奇怪为什么书房窗帘架断了，原来是这么一回事啊！全家人，包括我自己，都哈哈大笑，笑痛了肚皮，笑出了眼泪！接着，是沉默。——不过在当时，窗帘架断了之后，我还有其他方式可用。但最后终究没有踏上那条不归之路，是因为我见到了四岁小女儿的眼睛，也在书房里，灯光下，那眼睛是如此天真可爱，如此纯洁而又无助。我顿悟：不能让她当孤儿！于是设计中与死神的幽会也就取消于书房中。

在做翻译工作（如译《济慈诗选》）或编辑工作（如编《田汉全集》）时全身心投入。何谓"全身心"？就是脑体并用。如何进行"体力劳动"？那就是找书、搬书、翻书、查书、摘书。参考书和工具书包括字典、词典，种种辞书，各种有关文、史、哲的书籍。没有这些书，翻译和编辑工作就无法进行。有的书重如一块大砖头，有的书要从一个个橱柜的深窟中挖出来。我往往坐不满五分钟，便要起身到三间屋的十几个书橱里去搜索我的猎物，用以求义、解惑、参照、比较、改错、加注……运动量相当大，特别是在炎炎夏日，书房里没装空调，总是弄得气喘吁吁，汗流浃背。但，始终乐此不倦。何也? 伏案萱荫阁，是人生一大乐趣。

从去年起，由我倡议，每隔一周或半月，在萱荫阁举行一次"晨笛家庭诗会"。晨笛原是我的8岁小外孙的名字，以此命名家庭诗会，取"晨明旸谷"和"笛韵悠扬"的含义。参加者除我外还有我的大女儿、儿子、小女儿、女婿、两个外孙女、外孙，有时还有孩子们的同学或朋友。去年那天，当他们一听到我的倡议，就都雀跃欢呼，争先恐后地表示一定参加。如果说他们一个个还算不得是"诗迷"，那么至少也都是诗爱者。开会时，每人都自动拿出节目：诗歌背诵、朗诵、吟诵（这三种是不一样的）；相互交谈对所诵诗的理解、欣赏、感悟，展开评价、议论。所诵作品从中国古诗、现代诗（白话诗），再到外国诗的原作和汉译，没有任何限制。但低俗的作品从未登场。这些诗的作者可以是大诗人、名诗人，也可以是无名诗人，只要诗好；而且，也可以是诵者自己，如果写了诗的话。我还朗诵了亡妻——孩子们的母亲、孙辈们的外祖母——的诗作。这样，这间书房就一次又一次地沉浸到诗歌的浪涛里，一次又一次地喷冒出诗韵的清泉来。这时候，我觉得，两壁书橱里的屈原、陶渊明、李白、杜甫、苏轼、辛弃疾、鲁迅、闻一多、艾青……以及莎士比亚、弥尔顿、华兹华斯、济慈……都从他们自己的一本本著作中探出头来，聆听和观察我们这个家庭的老中青三代人，一个个，怎样诵他们的诗歌，怎样讨论他们的作品，怎样从他们创造的韵律中撷取真、善、美，以丰富自己、纯化自己、完成自己，使自己的灵魂变得高尚、美丽……

　　我的母亲手绘的一幅国画，挂在书房墙上。母亲，我的母亲啊！你的灵魂是不是始终在俯视着这间萱荫阁里的历史沧桑？

2003 年3月9日

阿黄小传

托尔斯泰曾坚信"马能思考并且是有感情的"。但是能思考并且有感情的动物，恐怕不仅仅是马吧。

我读小学四年级时的一天，听同学们说茅司徒巷转角处砖瓦堆里有一窝刚生下的小狗，下课后我怀着好奇心到那里去探望。远远地听见狗的凄惶的吠声，走近，见到一条黄毛母狗正在向一个男孩咬过去。我一个箭步奔过去，把那男孩的手抓住，叫他把狗崽放了。如果打起架来，我大概不是他的对手。但这个男孩似乎有点心虚，听到附近有人走来，便放下狗崽，溜了。我细看那狗窝，是一个乱砖砌的洞窟，洞里铺着稻草。三只狗崽躺在那里，仿佛三团软肉，正张着嘴，发出微弱的叫声。母狗见我没有侵犯之意，便安心爬进窝里，躺下，任它的崽儿们在怀里乱拱乱咬，崽儿们终于一一咬住乳头，拼命吸吮。我第一次见到这景象，感到极大的兴趣，几乎忘了回家。

第二天，我在路上又见到了那母狗。它见到我便迎上前来，拼命摇尾巴，表示友好。我拍拍它的头，叫它跟我走，它乖乖地跟我到了我家里。我把剩饭喂它，它狼吞虎咽。它吃饱了，我想把它留在家中。但它不肯留下。我便把大门关了。它并不因我关门而龇牙。它只是蹲在门旁，静静地等我开门，眼里充满了恳求的神态。我只好开门放它走。我很快就明白：它怎能不惦记它的一窝崽子！

作者少年时期

从此，它三天两日到我家来。它学会了叩门。只要我听见有特殊节奏的门环响声，我就开门，准是它！这位客人见到我就挨近来，嗅我，摇尾，那热情劲儿，真叫人感动。我总是用剩饭喂它。它成了我家的常客。母亲称它作"食客"。我却因它的毛色给它起了一个名字：阿黄。

后来发生了两件我一辈子忘不了的事。

一天下午，我从觅渡桥小学放学回家，经过瞿家祠堂，折进放鸭弄。忽然，后面追来了我的同学"王献斋"——

这不是他的本名，是他的绰号。20世纪30年代的电影演员王献斋，是个和善的人，但专演阴险狡诈的反派角色，以此出名。我的这位同学何以会得到这个绰号呢？这大概只有"历史学家"能考证出来。且说当时，"王献斋"追上了我。他跟我有点"交恶"。原来他养在火柴盒里的"洋虫"不见了，竟疑心是我偷的。我一气之下，便把借给他的《爱的教育》收回，并声言以后什么好书也不借给他了。现在，他在我面前站定，对我说："把你的书包打开，我要搜查坏书！"面对寻衅，我坚决拒绝。他动手来抢书包，我虽属"文弱书生"型，却不甘示弱，于是与他扭打起来。他与我同龄，力气却比我大得多。眼看我要败下阵来。在此危急之时，突然从放鸭弄南口蹿来了阿黄，它"呜呜"地低叫了几声，便极其敏捷地把那位同学搁在地上的书包衔在口中，撒腿便跑。"王献斋"见此情景，只好放下我，去追书包。我赶紧背起书包，回到家中。心想：要不是阿黄来救，我必定躲不过这场灾难！

另一件事大概发生在半年之后。一天放午学时，同学好友阚祥约我到庄家场河滩去玩。时值炎夏中午，河边悄无一人。我们走下码头，跨上木排。阚祥跳到一只空船上，忽发异想，自称"我是黄盖，前来诈降"，指着我和木排说：

"你是曹操，你的战船都被庞统的连环计锁在一起了！"他口呼"我来火攻！"向我作掷火状，忽而脚下一滑，落入水中。他不会游泳，我赶紧伸手去拉，抓住了他的一只手，不料他身体很重，"扑通"一声，我反被他拉下了水。我也不会游泳。但觉绿水纤指触摸我的颈项，白浪柔发盖到我的头上。灭顶之前，听到岸上的人声，有人拿着长竹竿来，叫我两手抓住竹竿，攀到岸边，我被扶上了岸。这人又用同法救上了小阑。仔细一看，我认出了救人者是我哥哥的同学周锦文大哥。缓过气来后，我问他怎么知道我落水的。他指指身边说："还不是它报的信？"这时我才发现阿黄正用它的嘴巴拱我的腿肚。后来锦文大哥对我说，他正在北雉头家门口吃午饭时，阿黄狂奔而来，咬住他的裤腿，意欲引他去什么地方。锦文不动，阿黄急得汪汪大叫，蹿到他家厨房，"哐啷"一声，拱倒了一架碗橱，掉头便跑。锦文大怒，拿起长竹竿一路追打这只"疯狗"。阿黄飞奔到河滩上便不动了。锦文赶到码头边，看见两个孩子在河中挣扎，便立即救人要紧了。这一天，阿黄的"灵性"传遍了远远近近。

母亲说，这位"食客"，好比冯谖，应该改变它"食无鱼"的地位。此后，当阿黄来访时，家中人除供以白饭外，时常增加鱼头鱼尾或肉，骨头。它得到了"上宾"的待遇。

但如果我要留它在家中住宿，它却决不就范。后来它的崽们长大"自立"了，它仍不改它的不羁的本性。我和家人们也都不忍心勉强它，所以始终对它实行来去自由的原则。

小学毕业后，我考取了江苏省立上海中学。我告别故乡，来到繁华的大都市。临行前想起了阿黄，我到茅司徒巷砖瓦堆里去找，却没有找见它。

一年后的暑假里，我又回到了故乡。一天，我行走在县直街上，忽觉后面有"人"拍我的肩膀，两只"手"一左一右按在我的肩上。这该是好友的亲密表示啊！我回过头去，见到一个毛茸茸的鼻孔正向我呼气，一只舌头伸出来舔我的面颊。哦，阿黄！它用后腿支着身子直立着，拼命向我表示久别重逢的喜悦之情，尾巴都快摇折了！我走几步，它便跳过来吻我，亲我，舔我，咬我！几乎是疯狂的热情！我跌坐在地上，紧紧地抱住了它的脖子。只听见它口中发出细微的"呜呜"的叫声，它似乎有千言万语要对我诉说！

7月，中国人民全面的抗日战争爆发了。从夏天到秋天，战火一步步向我的故乡逼近。侵华日军的轰炸机到这个城市来空袭的次数越来越多。我回不了上海，荒废了学业。11月中旬，日机大肆轰炸西门怀德桥，全城震动。母亲决定带领一家人逃难。次日，夜幕降临之后，母亲和哥哥、我、小妹乘预先约好的三辆黄包车，前往北火车站。车过工兵筑路纪念塔，进入新丰街时，忽有一条黑影蹿上前来，跟着车跑。呵，阿黄！我惊喜之余，直叫它的名字，它轻声"呜呜"地应着。它一直跟我们到了北火车站，我们和难民们一起等火车时，它偎着我；敌机投下照明弹，我们涌进防空洞时，它护着我；一列火车进站，我们拥向车厢时，它跟着我；火车拒载难民，群众把我们冲散时，它紧咬着我的衣裤。终于，来了一列载着伤兵的无顶货车，据说此车在此暂停，将继续向西开赴镇江去。许多人挤上了车厢，哥哥首先挤了上去，然后把小妹、我、母亲一个个拉上了车。此时，阿黄竟然也跳上了车厢！但一个伤兵一脚把它踢了下去。我想制止，已来不及。而且这位是来自抗日前线的受伤战士，我对他充满敬意，怎好去做违反他意愿的事？列车开动了，阿黄像一条黑影似的沿铁轨跟着列车奔跑，奔跑，仿佛要永远跟我们在一起……我扒着车门边唤它的名字，但隆隆的车轮声淹没了它的回应。我的眼睛湿润、模糊了。那条黑影消失在闪动的夜幕中。

50多年后的一个夏日，我重返故乡，到我老家所在的庙北巷凭吊。我父亲用几十年教书的薪金积蓄建造的一所住宅，在抗战爆发那一年的12月，被日本侵略军烧成了灰烬。

我访问了当年的邻居、今天仍是庙北巷居民的金老先生。在交谈中,我问起我家房屋当年被焚的经过。年近八旬的金老先生根据他的记忆,对我讲了一些事实。他说,日本攻占这座城池后,到处搜索中国士兵。在我家庭院内,曾有一个班的中国兵驻扎过。日军在驻过中国兵的住宅门口挂一束草,作为焚烧的记号。一个少年接受青年周锦文的指示,连夜到几家人家门口把草拔掉。这样,当日军后续部队中的"放火队"前来作孽时,这些人家就避免了一场火劫。但不知为什么,那少年把我家门口的草忘了拔去,这样,我家的房屋终于成了侵略毒焰的牺牲品。金老先生说,还有一个奇怪的传说,就是这一带有一条狗,曾与驻在我家的中国兵一起生活过几天。中国兵撤退后,它曾跟日本军犬发生过一场恶战,受了重伤,蹲在我家宅子里,日本兵放火时它也没有出来,一直到房屋烧光,都没有见到它的踪影,大概它与这座宅子一同化为劫灰了……

我听后,心潮澎湃,不能自已。金老先生说过,这只是传闻,那只狗也没有名字。可是在我心中,阿黄的形象顿时涌现了出来。我估计这只是群众根据自己的想象编出来的故事。可是在我心中,阿黄的形象怎么也消失不去。我又思忖,即使有这么回事,那葬身火窟的必定是别的狗,因为根据阿黄过去的表现，它是不会在我家住宿的。可是在我心中，阿黄的形象却成了烈火中的凤凰……

不久，我做了一个梦，梦见了我的已经去世多年的老母亲。我对她讲了金老先生告诉我的一切。母亲感慨系之，说了许多话。醒后，梦中的细节我都忘了，但有一点没忘，那就是母亲给阿黄加了一个谥号："介之推"。

自此，阿黄成了我心灵上一块永恒的净土。

鲁迅在《狗的驳诘》中揭示：狗比人纯洁。对！有时候，狗还比人高尚。这一点，纵火犯是决不会理解的；庸人也不大能理解。我，现在也没有完全理解透。

1995年8月

吟诵的回忆

J. Q. 同志：

你问起我怎么会写起旧体诗来。你这一问，使我想起了许多往事。

窗前，灯下，我那慈祥却又严肃的母亲的眼睛在望着我……但深印在我的感官里的却是她的歌声。其实那不是歌唱，而是中国古典诗歌的吟诵。母亲给予我的一切之中，最使我的心灵震颤的，是她那抑扬顿挫、喜悦或忧伤、凄怆或激越的吟诵的音乐。

那是在1934、1935年，我读小学四五年级的时候。每晚，母亲教我读《古文观止》。她先是详解文章的内容，然后自己诵读几遍，叫我跟着她诵读。她规定我读30遍，我就不能只读29遍。我那时对于《郑伯克段于鄢》之类的文章，实在不感兴趣，要我诵读30遍，就眼泪汪汪了。但是稍后，当教我读《滕王阁序》或者《为徐敬业讨武曌檄》的时候，我就不感到那么枯燥了，原因是：我仿佛从这类文章中听到

屠岸在现代文学馆（2007年）

了音乐，而这音乐是母亲的示范诵读给予我的。母亲的诵读
严肃而又自然，她诵读时从不摇头晃脑或者把尾音拖得特别
长。我愿意按照母亲教的调子去完成诵读若干遍的任务。我
好像是在唱歌，对文章的内容则"不求甚解"，只是觉得能
够从诵读中得到乐趣。先是诵读文章，后来就是吟诵诗歌。
不久，母亲教我读《唐诗三百首》和《唐诗评注读本》。从
张九龄的《感遇》开始，一首一首地教。我听到了母亲对诗
的吟诵，这真是一种更加动人的音乐！她是按照她的老师教

的调子吟的。吟起来，抑扬有序，疾徐有致，都按一定的法度。而字的发音则按家乡常州的读音——应该说是家乡读书人读书时的发音，有极少数字与口语发音不同。母亲要我按照她的调子吟诵唐诗，并且要达到背熟的程度。对母亲的这个要求，我很乐意地接受了。吟唐诗，对我来说就像唱山歌一样。

抗战爆发，举家逃难，辗转流离，于1938年初到达"孤岛"上海，寄居在亲戚家中。1938年秋天，我生了一场大病：伤寒症。在高烧的昏迷过去之后，我第一眼看到的是母亲的充满至爱和焦虑的眼睛。她日夜守候在我的身边。后来我身体略有恢复，她的心情也稍为放松一点，伴随着她眼睛中宽慰的神态而来的，是从她口中缓缓流出的音乐。她吟诵唐诗和宋词给我听，用这来驱遣病魔带给她的儿子的烦躁和郁闷。她吟诵着李白、杜甫、白居易、李商隐等许多诗人的诗篇，仿佛一个戏曲演员能掌握多少段唱词一样。她的吟诵把我带回到了童年时代，也带到了一个深广的诗的世界。

我清楚地记得，母亲吟诵杜甫的《春望》："国破山河在，城春草木深……"这样的诗句怎样地流进了我的心田，怎样地冲激着我的心胸。杜甫的家国之痛同当时抗日战争的时代情绪紧紧地联结在一起。由于我们一家的遭遇，这首诗更引起了我们的共鸣。而这种共鸣，如果没有母亲的吟诵音乐作媒介，那是难以达到的。

后来，杜甫的许多律诗和绝句，李白的《将进酒》，白居易的《琵琶行》《长恨歌》等等，我都能烂熟于心，流畅地背出来。这些诗我不是自己读熟而是听熟的。直到今天，有时候我心中默吟这些诗篇，同时脑子里就浮现出母亲的形象。薄暮，窗帘前，出现了母亲的"剪影"；或者黄昏，灯下，展现了正在做针线的母亲的侧面；这时候，我清晰地听到从她口中流出的一句句唐诗……当她吟诵的时候，她自己沉浸到那些诗的意境中去了，仿佛进入了一种惝恍迷离或者激昂慷慨的忘我的状态。而当时的我也自然地被她这种精神状态所深深感染。

我至今都感到奇异的是，尽管那吟诵调是一种大体有规定格式的谱子，但不同的诗都可以填进去，不同的诗里的不同的思想感情都可以通过这种格式表达出来。这使我想起了传统戏曲的各种"调"或"板"。各种"调"或"板"都有它所善于表达的某种感情。但同样的"调"或"板"也往往可以表达不同唱词中不同的感情。演员在演唱时虽用同一种"调"或"板"，却能够体现出不同的感情色彩。母亲吟诗，对于七律，七绝，五律，五绝，七古，五古，都能吟出不同的调，而总的风格则又是统一的。她吟七律，用一种调，但对不同的诗篇能作出不同的处理，对不同诗篇中的字、词、句，她能根据内容的需要而在吟的时候作出自然的调整。我记得母亲在吟杜甫的《蜀相》和《闻官军收河南河北》时，其声调、情绪和节奏各异，因而在聆听者（我）的心上所产生的感情的回响也是各不相同的。

吟诗和吟词又不完全一样。我的母亲也极爱吟词。不同的词牌有不同的调。本来词跟音乐有着极为密切的关系，词原是配乐的，只是后来逐渐与音乐分离了，成为诗的别一体裁。母亲吟词当然不可能是根据古代词的乐谱。然而她吟词表现出了词在音乐上的丰富、多变化。我至今记得母亲吟诵李后主的《浪淘沙》《虞美人》，或岳飞的《满江红》的情景。她吟词较之于吟诗似乎更接近于歌唱。而李后主的"不堪回首"和岳飞的"壮怀激烈"这两种完全不同的感情，都能通过吟诵淋漓尽致地表达出来。母亲吟词时那婉转、深沉而又富于情绪的变化的歌唱，往往使听者的我思潮澎湃，或心痛神迷，有时至于泣下而不自觉。我在少年时代从母亲的吟诵中所感受到的心灵的震颤，直到今天，还常常能够在我的心中再现。每当我沉浸到对母亲那亲切的嗓音的回忆中去之后，我就能逐渐地直至完全地重新进入当时的情绪和气氛之中，甚至达到心灵的某种微妙的痛楚。呵，这难道就是文学和音乐的魅力吗？而这种魅力则是同母亲对我的深沉的母爱不可分割地联结或融合在一起了。啊，诗，母亲！诗是哺育我的母亲，而母亲是我心中的诗啊！

J.Q. 同志，请原谅我不厌其烦地跟你谈了这些，还没有接触到你提出的问题。好，现在让我来回答你的问题吧：

就在1938年秋天我大病初愈的时候，在母亲的吟诵音乐的感召下，我开始偷偷地做起诗来。那是一种极为艰苦而又有乐趣的劳作或游戏。要把胸中激发出来的思想或情绪用诗句表达出来，要把一个一个字连缀成句，要照顾到平仄，韵脚，句式，对仗等等，这对于一个不满15岁的孩子来说是极难的。但是我苦中作乐，乐而不倦。苦与乐都与心中的默默吟诵紧相联系。绝大部分尝试都失败了。但当时我还是把这些习作记在纸片上。我不敢拿给母亲看，怕她责备我"不务正业"——大病已经把我初中二年级的功课误得太多了，病好了，母亲正在督促我补习几何和英文。但是，这些纸片不知怎地有一天竟被母亲发现了。出于我意外的是，她不但没有责备我，反而仔细审阅了我的那些习作。然后，她对我狡狯地笑笑——那是母亲对儿子的狡狯的笑。这一笑容，我至今记忆犹新，那意思是说：你的秘密，我已窥见了！我惶感，窘迫，但心头又掠过一丝甜意。接着，母亲向我一一指出了这些习作在构思、立意、炼字、炼句、平仄、韵脚、对仗等方面的缺点和错误。她还拿起笔来，认真地作了批改。这给了我极大的鼓励。我的爱胡乱做诗的习惯，就是从这时候开始养成的。

新中国成立后，50年代初，我被组织上从上海调到北京工作。在整个20世纪50年代，我没有写旧体诗。直到60年代初，我才又写起来。在60年代和70年代里，我每有新作，都要寄到定居在苏州的母亲那里，去向她汇报，向她请教，这成了母子之间思想感情交流的一种方式。1962年，我患肺结核病转趋严重，医生建议我到南方疗养一个时期。我暂时离开北京的家，在中秋节的那一天，回到了鬓发苍苍的母亲身边。这时我已38岁，母亲已68岁了。但在母亲的眼睛里，儿子永远是孩子。第二天一早，母亲兴奋地对我说："昨天夜里我写了一首五律！"她即时吟诵起来：

今夜窗前月，婵娟倍觉亲。

姣儿千里至，阿母万般情。

笑语天香过，倾怀玉藕心。

遥知京国远，两地月同明①。

　　她的吟诵充满了真挚的感情，尤其当她吟额联和颈联的时候，我感到从她的嗓音中放射出了一种特异的感情色彩。这次她不是吟古人的诗而是吟她自己的诗。她以母子重逢为题写了这首诗，又亲口吟给儿子听。这就使这次吟诵在我的听觉感受上大有异于她过去的吟诵。她这次吟诵的嗓音好似烙印一般深深地印在我的脑海里。在苏州我住了一个月，同母亲谈得最多的自然仍然是诗。这之前，之后，多少年来，母亲和我一直把各自做的诗、填的词寄给对方看，互相提意见。这样的书函往来，一直延续到1975年母亲在西安病逝为止。

　　J.Q.同志，现在你可以知道，我在回答你的问题之前，为什么要给你讲述开头的那一大段回忆来了。有一件事，我至今感到奇怪。我能说普通话，我的普通话发音基本上是合乎标准的。我也能用大体上合格的北京语音朗诵诗或文章。但如果是读古典诗词，则必须用母亲教给我的吟诵调来吟诵，否则我就不能够"进入角色"，作品也难以引起我心灵的回

---

　　① 母亲写诗不严格按照平水韵。此诗以八庚、十真、十二侵通押。常州音"亲""情""心""明"等字是同一个韵母：in。

响。事实上，我任何时候阅读古诗，虽然不出声，心里却在默吟——用母亲的吟诵调。我创作自己的诗（旧体）的时候，不是先写，而是先在心中默吟，不断地吟和不断地改，直到完篇，这也许就是所谓诗是"吟出来的"吧。这样吟，能调整平仄，排除不合格律的字，选用合于格律而又能表达一定情韵的字。这种筛选是在听觉的感受中完成的（尽管是默吟），所以进行得较为自然。吟毕，再用笔移写到纸上。当然，写出来之后也会一改再改。在修改过程中，默吟仍然在起作用。而初稿则是腹稿，它是首先在默吟中诞生的。

如果做诗而不在心中默吟，在我个人的习惯是通不过的。如果做诗而用北京语音默诵，那在我必将产生抵触，原因之一（或者说主要的原因）是入声字的一部分在北京语音里进入了平声。然而入声字的急促如击鼓般的发音已经深印在我脑子里，因此我做诗用到某些入声字的时候会自然地排斥它们按北京语音的平声发音。不过有时候我也做一点"发明"。那就是当我教我的女儿吟诵古典诗词的时候，我教她以她祖母的吟诵调，但吐字则换作北京音——只是有一点保留，就是入声字一律仍读入声。

我国的汉语经过近千年的发展，已经形成了汉民族的共同语，这就是以北京语音为标准音、以北方话为基础方言、以典范的现代白话文著作为语法规范的普通话。它应当成为全国人民共同学习和运用的规范化语言，这是历史发展的必然。但是，北京语音中没有入声。在诗词的吟诵中，缺少入声就好像一曲交响乐缺少了某种有鲜明特色的音响，好像一幅油画缺少了某种有强烈效果的色彩。这样，我感到某种欠缺。

J. Q. 同志，写到这里，我耳朵边仿佛又响起了母亲吟诵诗词的嗓音。我听到入声字使她的吟诵增强了节奏感，音乐感，色彩感。"今夜窗前月，婵娟倍觉亲……"那"月"字，那"觉"字，多么铿锵，同时又多么婉转。有了入声，吟诵就更丰满，更富于变化，若江流，时起时伏，如溪水，或急或缓，而避免了平板和单调。我这被母亲的吟诵调训练过的听觉告诉我：北京语音丧失入声是汉语音乐感的一种削弱，尽管我认为北京语音具有其他方言所没有的音乐美。这是可惋惜的。——然而，这也许是谬论。我对汉语语音学一窍不通，所以完全可能说错话。你姑妄听之吧。

以上算是对你的问题的回答。我说的又可能已经离题万里。

晚安！

屠岸

1983年6月11日

诗爱者的自白

"春酒熟时留客醉，夜灯红处课儿书。"这是一位老画家书写的对联，挂在我儿时家中的书房里。对联称颂我母亲持家有方。下联写的是实事，那是母亲每晚教我唐诗。我对诗的爱好，就从这时开始养成。母亲教我用家乡常州的口音吟诵古诗。从此我读古典诗词必吟，不吟便不能读。如果环境不宜于出声，就在心中默吟。平时母亲一面干活一面吟诗。有好些古诗名篇我能背诵，是听母亲吟诵而听熟了的。

我学英语从学英诗开始。还没有学语法，先学背英诗。我读高中时，表兄进了大学英文系。他的课本英国文学作品选读和英国文学史，都成了我的读物。我把英诗百几十首的题目抄在纸上，贴在墙上。然后用羽毛针远远地掷过去，看针扎到纸上的哪一题，便把那首诗找来研读。经过两年多时间，把100多首英诗都研读了一遍。然后选出我特别喜欢的诗篇，朗读几十遍，几百遍，直到烂熟能背诵为止。

我14岁时瞒着母亲写出第一首五言律诗，出乎意外，受到母亲的鼓励。读高三时，不顾功课，沉湎于写半通不通的英文诗。那时真是进入了一种无限热切的痴迷状态。写诗要讲究格律。我殚精竭虑，要去掌握好平仄和韵脚。曾听说有傻子行路撞在电线杆上的笑话。但我自己确确实实有两次在走路时撞在树干上，都因为心中正在想怎样找一个合乎平仄的汉字或是找一个押韵的英文字。

作者于家中门前小院（2004年）

　　一天，我正在理发馆里理发。心中默诵着英诗，突然领悟一句济慈的诗的意义，我兴奋得从椅子上站立起来，大呼"好诗！"正在为我理发的师傅惊得目瞪口呆。后来这事传开去，我得了个绰号"尤里卡"。

　　我遵从父命考进了上海交通大学，学铁道管理。一次经济地理考试，事前我一无准备，试卷到手，一看傻了眼。百无聊赖，忘乎所以，竟在试卷背面默写了一首浩斯曼的诗《Love liest of Trees》（《最可爱的树》）的原文。写完后才发觉不对头，但又不好撕掉试卷，只好硬着头皮交上去。结果遭到冯教授的训斥："你还要把今后的50年光阴浪费在观赏樱花上吗？"然而这次训斥也终究未能使我醒悟过来，我的爱诗癖已经病入膏肓了。

19岁那年夏天，我借住在我的哥哥的同学沈大哥家，在江苏吕城农村。这是我一生中最沉迷于写诗的苦乐的一个时期。一个多月的时间里，我写了六十几首抒情、写景的新诗（白话诗）。我白天在田间、地头、河边、坟旁观察，领会，与农民交谈，体验他们的情愫，咀嚼自己的感受。晚上就在豆灯光下，麻布帐里，构思，默诵，书写，涂改，流着泪誊抄。有时通宵达旦。一次在半夜里，自己朗诵新作，当诵到"天地坛起火了……"这句时，我的大嗓门把睡在芦席壁邻室的沈大哥惊醒了，他以为天地坛（乡间祭祀天和地的小庙宇）真的着火了，没来得及穿裤子就跑到我的屋里来问是怎么回事。等弄清了事实，他与我相视大笑！从此他不再叫我的名字，只叫我"诗呆子"。

20岁后，我接受了马克思主义改造社会的思想。我信奉以诗歌服务于革命的原则。这当然是对的。但由于自己的幼稚和教条的侵蚀，我一度陷入公式化的泥淖。接着来的是迷惘。我终于拒绝仿制伪诗，因而在十多年的时间里，我的诗创作记录簿上几乎是一片空白。经过正反两方面经验的比较鉴别，深藏在心底的诗国之光重新成为导引我灵魂的灯塔。在三年困难时期，杜甫、陆游的佳句伴我度过饥饿的寒夜。在"十年浩劫"期间，济慈的诗美学滋润着我荒漠的心田，赋予我继续生存、继续拼搏的勇气。新时期的曙光重新照亮了我的诗笔，使我重新尝味创作的痛苦和欢乐。诗，给了我的生命以再生。

我缺乏诗才，但我爱诗却是地道的。我爱一切真诗。80年代中，在英国格拉斯哥的一次集会上，我朗声背诵了彭斯的诗《我的心呀在高原》的原文，主人惊讶地说，这位伟大的苏格兰诗人还有中国知音！他问我是否特别倾心于浪漫派。我说，我是诗的恋者，无论是古典，浪漫，象征，意象；无论是中国的，外国的，只要是诗的殿堂，我就是向那里进香的朝圣者。

有一年秋天，我从东京成田机场乘车赴中国驻日大使馆。途中，浓烈的废气和超分贝的喧嚣使我血液上涌，心悸心慌，头晕目眩，恶心难受，我陷于焦虑和恐惧之中。此时，我意识到必须自救，于是加强自控，闭目，心中默诵起华兹华斯的诗《The Solitary Reaper》（《孤独的割禾女》）来。随着头脑中苏格兰高地的升起，少女形象的出现，悲凉歌声的飘扬，我的心逐渐安静，脉搏转趋平稳，晕眩次第克服。等到到达目的地，我的各种症状都已消失。

10年前，我得了严重的忧郁症，彻夜失眠。加剂量的舒乐安定对我都已失效。有一夜偶然睡着了，醒后回忆：睡前正在默吟白居易的《琵琶行》，我沉浸在"天涯沦落人"故事的氛围和意境里，无意中进入了久违的黑甜乡。从此我就时常通过默吟召唤睡神，恢复心灵的安宁。

诗，使我的灵魂崇高；也使我的身体康泰。

如今轮到我也来"夜灯红处课儿书"了，但已经不是对我的儿女，而是对我的一双孪生外孙女了。当我听到她们用稚嫩的嗓音吟诵文天祥的《过零丁洋》和岳飞的《满江红》时，我的心中充满了崇高的美感和深沉的喜悦。

1995年11月12日

春节·凄美的记忆

　　现今的春节，定在农历大除夕和正月初一至初三（其所以包括大除夕，是为了方便老百姓办年货）。但在我国古代，以立春为春节。《后汉书·杨震传》："又冬无宿雪，春节未雨，百僚燋心。"江淹《杂体诗·张黄门协〈苦雨〉》："有弇兴春节，愁霖贯秋序。"这里的春节，指春天的节序。这个词与其他含有"春"字的词，往往有关联。如"春饼"，按当年风俗，为立春日所食之饼，备酱熏及炉烧盐腌各肉，并各色炒菜，以面粉烙成卷而食之，以贺春季之到来。又如"春牛"，按当年风俗，立春前一日农家有迎春仪式，一人扮"勾芒神"，鞭土牛，由地方官行香主礼，名曰"打春"。土牛即名"春牛"，以象征农事。还有"春醪"，陶渊明《停云》诗："静寄东轩，春醪独抚。"厉鹗《悼亡姬》诗："除夕家筵已暗惊，春醪谁分不同倾？"盖指春节所饮之酒。如此等等。这些民俗，有的已成为过去，有的也许还残存到现在，多数只留在人们的记忆之中。

我出生在江苏常州。儿童和少年时期，春节都在常州家中过。我记得，到了除夕，家中正厅即挂起四幅"神影子"，即大爷爷（祖父的大哥）、大奶奶（祖父的大嫂）、爷爷（祖父，排行老二）、三爷爷（祖父的三弟）四个人的遗像，由画工绘出。奇怪的是画上的男性都穿戴清朝的官服，红缨帽，马蹄袖；女性则穿戴着凤冠霞帔。我和哥哥、妹妹都要向"神影子"祖宗行三跪九叩首礼。厅内燃起蜡烛，关门闭户。外面院子里大放爆竹，响声震天。孩子们点燃爆竹后必须立即回到厅内，叫"闷声大发财"。爆竹放完，才打开门窗，阳光入内。大年初一的午餐是继除夕"年夜饭"之后的又一"团圆饭"，吃团子（象征阖家团圆），鲤鱼（象征丰盛有余），花生（象征妙笔生花），桂圆（象征桂冠加额），枣子（象征早登金榜）。欢声笑语，热气蒸腾。

常州人称祖母为"亲娘"（这称呼很奇怪，不是称母亲，常州人称母亲为"娘娘"，或"姆妈"），但我家因曾寄居北京，所以称祖母为"奶奶"。奶奶给孙子辈讲家史：大爷爷在光绪年间用挣的钱买了官，到安徽去候补，还未补上，就病殁他乡。爷爷困穷，当了乡镇杂货店"朝奉"（即售货员），26岁得急病，野郎中开了重石膏药，服后三天即亡故。三爷爷秉性刚烈，路见不平，拔刀相助，被仇家踢中要害，死时19岁。奶奶含辛茹苦，把我父亲抚养长大。父亲学习勤奋，得到五中校长屠元博的赏识，获公费留学日本，学成归来，屠校长将堂妹嫁给我父，即是我的母亲屠时。父亲从事建筑和建筑教育事业，历任建筑师、工程师、教授、校长、教务主任等职。家道转为小康。我的童年即在这种优裕的家庭环境中度过。保留在记忆中最早的一次过春节，是1928年，我5岁时。家中大人们孩子们欢天喜地，拜佛烧香，共庆佳节。放过爆竹，我突然听到墙外有人声，嘶哑低弱，喊着："娘娘太太，老爷小姐，阿弥陀佛，行行好吧，冷粥冷饭，施舍一点，积德积德……"我寻声出门，只见巷子里有一老人，搀着一个小女孩，那女孩也不过四五岁，正在沿街乞讨。老人须发皆白，衣衫褴褛；女孩泪痕贴面，冷风吹过，已近冰凌。我惘然呆立，又即回屋，对母亲说如此，母亲即掏出几张钞票给我，我不问钱数，又跑出门追那一老一小，想把钱给他们，但人已杳然，不知去向。这是我记忆库中最早的一个印象，它在我心上划了一道很深的伤痕，到今天我已89岁，而那道伤痕依然深印在心中，我每一想起，即会泪水盈眶，一种无名的痛楚，顿时来袭。那年是戊辰，也是龙年春节，距今已85年。85年的烙印，将陪伴我到终老。

　　1937年，全面抗日战争爆发。这年11月，举家逃难，从常州，到武汉，又经新堤，广州，香港，乘轮船回到"孤岛"上海。1938年戊寅虎年春节，是在上海寄居于姨母家过的，冷寂凄清，天日无光。已知悉家乡寓所被日本侵略军烧毁，那四幅"神影子"当然也成了灰烬。抗战期间，我家经济情况一落千丈。父亲为哥哥和我他日赴美留学所需而准备的一笔款项，如魔瓶里放出的巨人，为通货膨胀所吞没……

在我的记忆库里，还有一个春节。那是在"文革"期间，1970年的2月6日、7日、8日，即庚戌狗年的大年初一、初二、初三。那时我是中国剧协的干部，与同事们一起，下放到文化部五七干校的第二年。干校驻在河北省宝坻县，干部们分住在老乡家里，我和一部分同志住在北清沟乡。不知是哪位学员提出来，要过一个"革命化的春节"。也许就是监管我们的军宣队（全称"毛泽东思想宣传队"，成员都是现役军人，受命到干校来执行监管任务）提出来的。无人持异议，也不敢反对。这个春节怎样过得"革命化"呢？就是不回北京与家人团聚，而是在干校驻地农村，为老乡春耕，拉耧子。不是指挥牲口拉，而是人拉。那时天寒地冻，土地石硬。拉耧子必须用大力气。我拉的时候，身体俯冲，几乎与土地成平行线。一步一喘气，呼出的气立刻化成白烟。我一面拉，一面在心中默诵莎士比亚和济慈的诗，使心情得以放松。只能默诵，不能出声，否则会被视为"神经病"。稍作休息，抬头望，眼前是白茫茫一片大地，真干净！浑身冒汗，汗水仿佛成冰，衬衣裹住，紧贴胸背。劳动回来，跟老乡一起包饺子，吃得很香。干校生活，情绪压抑。但在体力劳动中，忘却种种烦恼，心情反而轻松起来。

更使人难忘的，是老乡对我们这些下放干部五七学员的热情相待。他们做黄米团子给我们吃。黄米，即黍子，性黏，用它做的团子，味醇厚，吃了耐饿。黄米很珍贵，产量少，老乡平时不吃，只有到春节时才做成团子食用。还有的老乡，为庆春节，特做莜麦饸饹给我们吃。莜麦是一种谷类作物，叶细长，花绿色，籽实好吃。它产量少。老乡教我们：制作莜麦食品，要经过"三熟"。首先，把莜麦粉放在锅里火上，炒一遍，叫"头熟"；然后，把沸水倒入其中，和成面团，再轧成条状，称饸饹，这叫"二熟"；最后，把饸饹放在锅里水中，用火蒸煮成熟，叫"三熟"。若非三熟，不能食用。老乡还告诫说：你们吃莜麦饸饹，只能七成饱，顶多八成，否则危险！（有一位南方客人到张家口，因饿，吃莜麦饸饹到有饱感为止，事后口渴，喝白开水，竟至胀死！）我跟着房东大娘和她的家人们一起下厨，一同进食，仿佛一家人一样。这个春节，虽然没有回京与家人团聚，却也过得高高兴兴，而且别有一番亲切的体验，至今成为一段美好的记忆。

在许多美好的记忆中，也会夹杂着一些凄凉。我五岁时过春节那天见到的一老一小乞食者的情景，永远挥之不去，而且会在梦里再现。那老人肯定已经过世。那小女孩后来怎么样？冻饿倒毙在街头？或有幸存活下来？成家？有了自己的子女？如果她还活着，也是八九十岁的老妇了。她究竟有着怎样的命运？一切均不可知。但在我的梦中，这一老一小已经定格在1928那个龙年的春节里。

2011.12.18

在西安过节

5月下旬的西安之行，十分愉快。第二届中国诗歌节选在西安举行，是明智之举。节日标志性语言"盛世中国，诗意长安"，颇具深意。小学生书法写唐诗现场展示、诗社及合唱团及学生诵诗唱诗，以及诗人学者诗歌论坛，组成"诗满长安"红五月群众诗歌运动，"曲江流饮""雁塔题名"等古韵新承做法，实在使人感到千秋文脉，永续不衰。话剧《李白》、秦腔剧《杜甫》的演出，使人想起韩愈的名句"李杜文章在，光焰万丈长"。这光焰照到今日，也将照到明天；是西安的骄傲，也是中国的骄傲。这次诗歌节，使诗歌深入到各街区，各部门，各阶层，尤其是渗透到幼小者心灵之中，令人神旺。在广场举行的书法展示，群孩伏地执笔悬肘挥毫，那么虔敬，那么真诚，那么专注，使我心中突发激情，不可抑止地三次涌出热泪！我真想热烈拥抱那些孩子们，太可爱，太可敬，太可感！感什么？感恩！感恩书法，感恩诗歌，感恩文化传承！"近泪无干土"，我洒不尽感恩之泪！

2009年西安第二届中国诗歌节

闭幕式在临潼华清宫遗址广场傍晚举行。是时也，"天接云涛连海雾，星河欲转千帆舞。"告别宴会，金盘玉樽，"劝客驼蹄羹，霜橙压香橘。"深谢主人茗味厚。华清宫是中国诗歌中经常出现的形象。杜甫名句即出此："凌晨过骊山，御榻在嵽嵲。……朱门酒肉臭，路有冻死骨。"今人也有以此为题者，聂绀弩《华清池》曰："少女玩过又赐死，居然多情圣天子。长生殿同长恨歌，不及华清一勺水。华清池水今尚温，书已封建鬼道理。我见华清感更深，中有马嵬陈玄礼。"聂的感慨，我深有同感。主持人组织助兴节目，有歌，有舞，有发表感言，"诗人兴会更无前"。我亦被邀，心想：说什么呢？脑际忽涌出杜牧七绝《过华清宫》，乃登台用常州吟调吟了如下诗句："长安回望绣成堆，山顶千门次第开。一骑红尘妃子笑，无人知是荔枝来。"一阵稀朗的掌声送我下台。耳边忽隐隐涌起："舞榭歌台，风流总被、雨打风吹去……"

闭幕式文艺演出是大型情景音乐歌舞剧《长恨歌》，不是剧院演出，而是以夜空为天幕，以骊山为背景，以华清池为舞台，在旷野山水间，运用现代声、光、电等一系列科技手段，通过目迷五色的道具，绚烂缤纷的服装，婉娈多姿的舞蹈，演出白居易诗《长恨歌》的故事。舞台在水中起落，宫殿从波涛中升降，人物从空中翔止，演员在水边出没，繁星万点在骊山上明灭，其中有七颗特别炫亮，成斗状。歌声自音箱溢出，充塞大野。突然，炮火连天，烟焰熏人，观者面如火灼，安史乱起……王羲之曰"极视听之娱"，观此演出，庶几近之。唐代诗歌，如果只有抒情短章而无《长恨歌》这类长篇巨制，将是缺憾。陈鸿《长恨歌传》曰："乐天因为长恨歌，意者不但感其事，亦欲惩尤物，窒乱阶，垂于将来者也。"但白居易写着写着，忘了"惩尤物，窒乱阶"（惩尤物弄错了对象，罪不在贵妃，祸首是玄宗！），终于写成了歌赞爱情的千古绝唱！郑畋《马嵬坡》竟称颂李隆基"终是圣明天子事，景阳宫井又何人"，岂不荒唐！鲁迅曾计划写李杨故事，原拟安排玄宗厌倦了贵妃，在危急关头，乘机让人牵去缢死拉倒。事过境迁，皇帝想起当年的恩爱，又生悔意。但鲁迅到西安走了一遭，见到一片破败景象，写作的愿望随之消失。杜甫在《北征》中写道："桓桓陈将军，仗钺奋忠烈。"赞玄礼，极有见地。我最赞赏的还是聂绀弩。

夜气徐来，已有寒意。《长恨歌》演出近尾声，李杨二人凌空而起，飞向仙境。然而歌声仍不断重复"天长地久有时尽，此恨绵绵无绝期"，爱侣已双双成仙，登上极乐世界，又何"恨"之有？而且"长恨"？白诗只说"在天愿作比翼鸟，在地愿为连理枝"，表达愿望而已。而演出则必须出之以人物形象，虽称梦境，而观众所见是实人。于是"长恨"落了空。

退场时，有媒体采访，要我谈观感。我说，历史上李杨结合是丑事。玉环原为寿王妃，玄宗是夺媳。白诗"天生丽质难自弃，一朝选在君王侧"，把真事隐去，是"为尊者讳"吧。李商隐不客气："龙池赐酒敞云屏，羯鼓声高众乐停。夜半宴归宫漏永，薛王沉醉寿王醒。"微言大义！至于"六宫粉黛""佳丽三千"，更不必提。但也不必苛责白乐天，他笔下的李杨，已经离开历史人物，成为爱情的符号了。经过千百年积淀，历史隐遁，爱情出线，真实淡去，诗歌在场。在"一夜情"泛滥，"一杯水"盛行的时代，演出此剧，歌颂坚贞不渝，赞美生死相约，还是有一定意义的。我贺演出成功，白傅不朽，唐诗不朽，诗歌不朽。中国诗歌节以此作句号，亦可称圆满。

2009年5月

奇异的音乐

辑三

莎士比亚故乡掠影

　　这篇记叙文，我称之为"掠影"，是名副其实的。真的，只是匆匆一瞥，就告别了。兴奋和遗憾，永远交织在心中。

　　翟一我女士是中国出版代表团的"外交部长"。我请她在与邀请我们访英的英国出版家协会的莱考斯基女士商谈活动日程时一定要安排去莎士比亚故乡参观。但一开始就碰了钉子。莱考斯基女士说，你们是代表中国出版界来的，英国的众多的出版社、书店和印刷公司要求与你们会见、聚谈、交流经验、商量合作事宜，日程已经挤得毫无空隙。翟一我说，无论如何要挤半天时间啊！莱考斯基说：你们是出版代表团，不是旅游团！翟一我不愧为谈判能手，说：我们是出版代表团，出版事业是一种文化。我们来英国的目的之一是增进两国出版界的相互了解，这也就是增进两国间文化的了解。莎士比亚是英国的文化巨人，也是世界的文化巨人。我们代表团的副团长是中国的"皇家出版社"人民文学出版社的总编辑，他的出版社早先出版了中文版《莎士比亚戏剧集》，20世纪70年代末又出了中文版《莎士比亚全集》，发行了近百万套；同时还出版了莎士比亚的剧本中译本多种，行销全国。我们的副团长还是莎士比亚十四行诗中文全译本的第一个译者，他的译本发行了四十几万册。你能说出版事业与莎翁无关吗？最后莱考斯基只好笑着答应，在我们从牛津到伯明翰的途中，绕道到莎翁故乡停留两小时。但我从日程表上看到，去伯明翰并不是与出版界联系，而是去看一场足球赛。我立即提出异议，认为足球赛可看可不看，这个时间完全可以腾出来参观莎翁故乡的各种文物。但是，足球赛是英国出版业和报业巨头罗伯特·马克斯韦尔先生特意安排好了请我们看的，他还说：来英国而不看英国足球，等于没到过英国。代表团团长王子野无奈地说，我们是客人，不好再要求更改日程。于是，我也只好"认命"了。

10月27日上午，代表团告别牛津大学校园，乘车向伯明翰出发。准备登车时，为我们开车的身材高大的布立其斯先生说：我们要绕道到沃里克郡的爱汶河畔斯特拉福镇去，那是莎士比亚故乡的中心，有兴旺的市场和服务良好的商店，但更是世界闻名的文化胜地。它处于英格兰的中心，这是一个很理想的位置，可说是探访"不列颠乡村最佳景观"的基地。在它周围，英国的许多名胜古迹星罗棋布。丘吉尔（二战时英国首相）诞生地布伦宁宫，他的墓地柯特沃尔兹，都在不远处。从斯特拉福出发，可以去观赏美丽的伊夫舍姆和爱汶河谷，可以去观赏宏伟的建筑和壮观的房屋，如拉格里厅堂，查尔柯克公园，萨尔格雷夫庄园，厄普顿庭院等等。英国的许多著名的教堂建筑艺术结构也在周围一带，如考文垂大教堂，伍斯特大教堂，格鲁斯特大教堂，赫里福大教堂，不用说还有许多精致的堂区教堂。教堂之外，就是英国历史上名震遐迩的古迹：沃里克城堡，凯尼尔沃思城堡，苏德里城堡，布劳顿城堡……要了解英国历史，要深入英国文化，必须从斯特拉福出发。你会明白，伦敦不代表整个英国，要欣赏和感受真正的英格兰，它的广大的乡村地区，它的盛大的历史展示，没有比斯特拉福更好的基地了。我说：感谢你的热情介绍，但你也明白，这次我们只能短暂访问斯特拉福，其他地方只能等待下一个机会了。

车终于抵达爱汶河畔斯特拉福镇。啊！到了，到了！莎翁的故乡，莎翁的诞生地！我兴奋得从座位上直跳起来。车过镇中心横跨爱汶河的克洛普顿桥时，向西远远看去，见到圣三一教堂的身影。我知道，莎翁墓葬就在那里。同行的英国朋友说：莎翁墓西侧墙上有莎翁半身塑像，置于龛内，那是荷兰裔石匠杰拉德·约翰逊的杰作。像下铭刻着两行拉丁

屠岸在莎士比亚故居

文："明断如内斯托（特洛伊战争时希腊的贤明长者），智慧如苏格拉底，艺文如维吉尔；泥土掩埋他，人民哀悼他，奥林匹斯山上拥有他。"——我很想去看一看，但估计时间不允许。车绕过班克罗夫特花园，在皇家莎士比亚剧院门口停下，我和同行者下车。阳光灿烂，空气清新，街道整洁，屋舍俨然。布立其斯先生说，皇家莎士比亚剧院原名莎士比亚纪念剧院，建于19世纪末，1926年毁于火灾。新的纪念剧院由建筑师考斯特设计，于1932年落成。自1769年以来，在莎翁故乡举行莎士比亚戏剧节成为每年的惯例。纪念剧院建立后，戏剧节期间莎剧都在这里演出。1961年，著名导演彼得·霍尔在莎士比亚纪念剧院的基础上组建了"皇家莎士比亚剧院"，其演出团体名叫"皇家莎士比亚剧团"。这是英国少数负有盛名的杰出的剧团之一。我仔细聆听了他的介绍，在剧院门前徘徊细看。这是一座典雅而朴素的建筑物，带有古典风格，与周围的建筑物相协调。大门左右的圆石柱给人以稳定、沉凝和庄严的感觉。门旁红砖墙上挂着皇家莎士比亚剧团的海报，标出剧院内有演出展览厅，海报上画着五个莎翁头像，莎翁微笑着，用五双深邃而睿智的眼睛望着我。我叹了一声，为无缘在这里观看哪怕一场莎剧演出而遗憾。

在皇家莎士比亚剧院不远处有班克罗夫特花园。我走近花园里的莎翁铜像，那是1888年罗纳德·高尔勋爵铸造，赠送给斯特拉福镇的珍贵礼物。石砌的广场上，竖立着方座圆柱形石碑，碑顶上有一尊如真人大小的铜铸莎翁全身坐像，他右手搁在右膝上，左手垂在身侧，上身略向前倾，目光炯炯，凝视前方，年龄大约四五十岁，是已经完全成熟的伟大诗人戏剧家的形象。在其四周，环立着四个莎剧人物铜像，一个是哈姆雷特，代表哲学；一个是麦克白夫人，代表悲剧；一个是福斯塔夫，代表喜剧；一个是哈尔王子，代表历史。哈姆雷特一手支颐，似在沉思"生，还是死"的问题。哈尔王子是莎翁历史剧《亨利四世》中的主要人物，即亨利四世的长子威尔士亲王，后来成为英王亨利五世。莎翁把他塑造成一个理想的政治家。这个翩翩少年双手举王冠作准备戴上状。剧中有一情节，他还是王子，就拿王冠想戴到头上去，铜像即根据这一情节设计。明媚的阳光照在莎翁和四个人物的铜像上，形成中心突出、四面开花的奇异的文化景观，令人一见即永难忘却。

我踱步到近旁的爱汶河边，凝视着这条河的清澈的流水，看它缓缓地流向远方，粼粼的波光怀抱着河边的树木和建筑物的倒影，顿时，涟漪深处仿佛显现出莎翁的五双睿智的眼睛……呵，这就是爱汶河，伟大的莎士比亚就是喝这条河的水长大的。是它，哺育了一代旷世的天才！

我步行到亨利街上16世纪莎士比亚诞生地。那是莎士比亚的父亲约翰·莎士比亚在16世纪50年代购置的住宅。老莎士比亚早年弃农到斯特拉福镇学习制作软皮手套和皮饰物的手艺，成为皮手套工匠并经营商业。他后来参加斯特拉福市政委员会，成为参议员，还一度升任市政委员会执行官（相当于市长）。这座房屋是伊丽莎白一世时代风格的典型乡镇住宅建筑，房屋下部有石墙作基础，整座房屋是橡木构架，建筑在低低的石础上。从外观上可以见到山墙和正面墙上有橡木桁架露出墙面，桁条之间是泥灰涂料。屋顶上有巨大的石头烟囱。这座建筑物原是亨利街上一连串住宅和商店的一部分，现在，其他建筑物已经脱离开，使它成为一个独立的存在。进入屋内，见到老莎士比亚当年经营皮手套生意的房屋。起居室、卧室、厨房里，布置着当年的陈设和饰物，显示出伊丽莎白一世时代一个中产家庭的温馨氛围。1564年，伟大的诗人戏剧家威廉·莎士比亚就诞生在二楼西房里，他在这里度过他的童年、少年和青年时代。房屋的一半用来展览莎翁的生平和作品，同时展示这座房屋的历史，它于1847年作为国家纪念地被收购，从而成为"莎士比亚诞生地保管所"保管的文物之一。

　　我仿佛看到老莎士比亚担任斯特拉福市政委员会参议员时，拇指上戴着特殊的戒指，在礼拜天穿着镶边的皮裘黑袍，行走在亨利街上，有卫士为他开道，路人一一向他致礼，称他"先生"。我也仿佛看到童年莎士比亚从教堂街文法学校放学归来，背着书包与三五同学连蹦带跳地叫嚷着走过亨利街和米亚街时的顽皮样子。我又仿佛见到18岁的莎士比亚和比他大8岁的安妮·哈撒威结婚时的热闹场面，见到他们的长女苏珊娜在这里诞生，他们的双胞胎儿子哈姆内特和女儿朱迪丝又在这里诞生……我脑子里仿佛浮现出莎士比亚一家祖孙三代11口人都生活在这座房屋的狭小空间里，老莎士比亚承担着沉重的经济压力，生活艰难；年轻的莎士比亚交上了一些不务正业的朋友，同这些偷鸡摸狗之辈一起到附近托马斯·卢西爵士的庄园里去偷猎鹿，也许由于经济窘困而出此下策？但他被追究法律责任，因而不得不离家出走，另谋生路。于是，我又仿佛见到20岁出头的莎士比亚告别斯特拉福，奔向伦敦，开始他的人生新阶段。啊，那时的青年莎士比亚，是带着一试身手的心情，还是抱着稳操胜券的雄心壮志呢？

镇上还有一处莎士比亚"新居"遗址。莎士比亚到伦敦后，在剧团里找到职业。开始时地位很低，但他的才能很快表现出来，既当演员又当编剧，不久，即以诗人、戏剧家的身份活跃在伦敦社会。他的非凡的文学和戏剧天才得到了充分的发挥，他的手头也宽裕起来。于是，在33岁那年（1597年），他回到斯特拉福镇以60镑的价钱从恩德希尔手中购得镇上第二大房屋，三层楼，有5个人字屋顶和10间有壁炉的房间。他买下后又花钱加以翻修，命名为"新居"。次年，他的妻子女儿迁入新居。莎士比亚为自己准备了晚年退休后的住处。可惜，这座"新居"在18世纪中叶被拆掉，现在已经不存在了。我穿过纳希（莎翁外孙女伊丽莎白·霍尔的第一任丈夫，医生）旧宅，见到了"新居"遗址，只剩下一片地基。啊，这就是莎翁晚年写作、休息，直到逝世的地方！现在见到的只是一片茸茸绿草。虽然人去楼毁，但我仿佛感到莎翁的诗魂还在这房基的上空沉吟，盘桓……

从"新居"遗址往西，可见到莎士比亚研究院的整座建筑。那是培养莎学人才的高等学府，从这里出了一批又一批硕士、博士和莎学专家。

我回到莎士比亚诞生地，走到其北侧的"莎士比亚中心"门前。这个"中心"建于1964年莎翁诞生400周年时。"莎士比亚诞生地保管所"总部即设在这里，其任务是保管和维修莎翁的房产和纪念地，推进莎学研究。"中心"是两层楼建筑，其第一部分于1964年开始对外开放。其中有行政管理办公室，一个重要的图书馆，贮藏着莎士比亚的戏剧演出、文学研究和历史研究的大量资料，为普及莎士比亚知识和进行莎学研究提供了极大的方便。"中心"的第二部分建于1981年，其中有进一步普及莎士比亚知识的设施，有一整套会议室，还有一个"来访者中心"，专为来访者服务。

布立其斯先生是个热心人。他说，镇上还有几处与莎翁有关的地方，如霍尔田庄，靠近圣三一教堂，是莎翁女儿苏珊娜与其丈夫约翰·霍尔医生的家园。当年霍尔在斯特拉福镇上和附近一带行医。霍尔田庄内有一套精致的房舍，房内有一套家具，具有伊丽莎白一世时代和詹姆士一世时代的家具风格。田庄里还有按原貌修复的药房，放置着各种药罐和药草以及医疗器械。但因为时间紧，我们不去了。

布立其斯先生说，离斯特拉福三英里处，有莎士比亚的母亲马丽·阿登娘家的屋舍。他认为，在莎翁故乡所有与莎翁有关的宅第中，马丽·阿登故居最少为人所知，但最具魅力。那是一套都铎王朝时代风格的建筑，是地道的农舍，还有用石头制成的鸽舍。这套房屋一直为人占用，1930年才由"莎士比亚诞生地保管所"购得，加以保管。屋内保存着珍贵的当年农家家具和家用器皿，外屋陈列着一些独一无二的展品：古老的农具，农用手推车，手犁，吉卜赛篷车，早期农业机械和农村手艺人工具等。他说：如果你们去看看，一定会感受到十六七世纪英国浓厚的农民生活气息，会引起你们极大的兴趣，但今天也来不及去了。

布立其斯先生说，不过，有一处地方你们必须去看一看。那就是莎士比亚夫人安妮·哈撒威娘家老宅。"走啰！"他吆喝大家上车，开车把我们送到镇外一英里处秀特瑞村的一套农家茅屋门前。哦，这就是有名的"安妮·哈撒威茅屋"！在莎士比亚时代，这里是一套12间名为"休兰兹"的农舍，是自耕农哈撒威一家的住宅。现在大体上保持原貌。房屋的大部分为十六七世纪的建筑，其最老的部分建于15世纪。厨房里有大型火炉和烤炉，至今完好无损。制酪间和酒类及食品贮藏室是这座建筑物作为农舍的悠长历史的见证。农舍周围的花圃及毗连的果园，形成美丽如画的乡村景观。我站在茅屋门前，见到高耸的烟囱，屋顶上厚厚的茅草在阳光下反照出强烈的金黄色光，给人以宁谧、和怡的温馨感。窗前茂盛的花草，围在门前的赭色木栅和台阶，给人厚重沉凝的历史感。莎士比亚在与安妮谈恋爱时，一定到过这里。我们不易想象他们怎样谈情说爱，但历史告诉我们，莎士比亚结婚时，安妮已经怀孕三个月。这里是不是他们幽会的场所？让历史学家们来考证吧。我匆匆掏出笔记本，用圆珠笔画下"安妮·哈撒威茅屋"的速写，以作永久的纪念。我只能在门前再徘徊片刻。布立其斯先生已经在招呼了："上车吧！"我依依不舍地向莎翁故乡挥手告别，登车而去。

在路边的"皮靴鲜花餐厅"午餐后，继续赶路到伯明翰，看了半场被布立其斯先生称之为"野蛮的比赛和野蛮的观众"的牛津队与伯明翰队足球对抗赛。我们只看了半场就匆匆离去，因为场内狂热的足球迷的爆炸性气氛使我们害怕有可能被卷入一场暴力冲突。但即使在这种氛围中，我脑中的莎翁故乡印象依然拂之不去。我们回到伦敦塔维斯托克旅馆时，已过了晚饭时间。

晚上，在旅馆房间内，我脑中重复出现莎翁故乡的种种映象。积习使我拿起笔来，在笔记本上写下了一首十四行诗：

爱汶河畔斯特拉福镇

你是动荡和宁静，光斑和丛影；
教河浪和云霓漫过你跳跃的心搏；
你是休止和行进，欢乐和悲悯；
让野花幻作你满腮的泪珠和笑涡。
你的木屋和剧院在绿叶里隐藏，
影影绰绰，为什么不停留片时？
笔直的克洛普顿桥是你的脊梁，
迎面来，招手去，就这样稍纵即逝！

你呀，来得太迅猛，去得太仓促，

我渴求把你诞生的巨人认清。
这就是他的品格？他的风度？
是的。心上的一瞬间已成为永恒。

在我的梦里你曾是千百次真实，
今天我见到你却是如梦的遐思。

写完了，躺下。脑子里又浮现出爱汶河水的波光，不能
自已，于是起身，在灯光下再写了一首十四行诗：

爱汶河

澄澈的爱汶河啊，静静地流淌，
流过班克罗夫特花园里奇伟的雕像。
流过皇家剧院和圣三一教堂，
静静地流向绿荫如烟的远方……

爱汶河啊，你那甘美的浆液
哺育了旷世的睿智，不朽的盛业！
你那丰腴的画图，清冽的音乐，

激起了一整个宇宙的哲理和美学!

爱汶河啊，我来到你的身旁，
在你所怀抱的岸边疏林里徜徉，
我扑向你所滋润的泥土，草场，
仿佛听到那伟大心脏的跳荡。

我站在岸沿，俯视着你的清波，
见一双深邃的眼睛在水中思索。

　　写毕，舒了一口气。时针告诉我，已经过了午夜。我该
休息了，让我在梦里再次到莎士比亚故乡去盘桓吧。

西敏寺诗人角

　　从爱丁堡飞到伦敦希斯罗机场，立即乘出租车赶到伦敦南郊苏塞克斯郡的蒙诺公司（生产单字铸造机的印刷企业）参观。下午4时告别蒙诺，乘小型长途客车返伦敦。过克洛伊顿镇后，即近市区。华灯初上。车过西敏寺桥，卡特莉娜小姐指着窗外的建筑物告诉我：这是议会大厦，这是"大本"钟楼，那是西敏寺……

　　我立即要求停车。我已经打听到，西敏寺每星期一至五从上午9时开放到下午6时3刻，但只有星期三下午6时至7时3刻是可以免费参观的。这一天正好是星期三，现在是7时多，还没有到"打烊"的时间。我要抓住这个难得的机会，去一瞻诗人角的风采。我的要求得到了同行者和卡特莉娜小姐的理解和允许。他们说可以让车暂停，等我回来。我立即下车，飞奔到西敏寺，夺门而入……

　　西敏寺（一译威斯敏斯特大教堂）最早是一座本笃会修道院，后来由英王亨利八世加以改建。它是16世纪英国哥

在巴黎埃菲尔铁塔前

特式建筑艺术的结构。它独一无二地展示着英国历史长廊的宏伟图景，也保留了血腥的印记。从1066年起每届国王或女王的加冕典礼和王室其他庆典都在这里举行。这里留下了许多重要的历史遗存。英国国王绝大多数都葬在这里。著名的遗存就有16世纪女王伊丽莎白一世的墓，她的同父异母姐姐马丽女王（被称为"嗜血的马丽"）的墓，她们的父亲亨利八世的专有"查贝尔"（大教堂内的小教堂）……此外还有著名的爱德华三世登基宝座；圣徒爱德华小教堂；王室小教堂；典丽的哥特式建筑"中殿"，其中有无名战士墓和许多著名政治家、科学家和军人的墓葬……但我关心的主要不是这些，而是诗人角。

我进门后对帝王石棺等物匆匆一瞥，无暇细看，穿过中殿右侧长廊。此时英国的基督教善男信女们正在离去。我找到一位身穿红衣的神父，询问他："诗人角在哪里？"他用手一指："那里就有莎士比亚！"我按他所指，沿着回廊的外壁，飞步直趋诗人角。啊！到了！西敏寺里灯光暗淡，但到了这里，仿佛大放光明！这里面积不大，三面墙，一面通走廊。墙上、地上都是英国历代诗人、作家的雕像、墓或纪念物，我的眼睛简直应接不暇。我作了一番搜索，迅即见到了莎士比亚的全身大理石雕像，站在一个三角形门顶的石门前，右腿斜搁在左腿前，意态悠闲，手扶巨书，目光睿智，略带笑意。这个雕像仿佛是诗人角的中心，环绕着它的是众多的其他人物纪念物。这里有大诗人弥尔顿、彭斯、华兹华斯等的雕像，也有地位次于他们的诗人詹姆士·汤姆逊、汤马斯·坎贝尔等的雕像。其中有的是半身像，如弥尔顿就是，他的神态庄严而宁静，骚赛在湖畔诗人中是次要的，但也有一尊像。而我钦佩的雪莱和济慈却没有雕像，只各有一个叫做"梅德莱安"（medalion）的纪念物，像是大勋章或大纪念章那样的圆石板，上面刻着诗人的姓名。雪莱和济慈的圆石板分别悬挂在莎士比亚全身像的上方左右侧。

历史上最早进入西敏寺的是被称作"英国诗歌之父"的乔叟，他死于1400年，就葬在这里，当时只有一块简单的纪念牌。现在，乔叟墓很壮观，是1556年建立的。郑重地把这里当做纪念诗人的处所，则自18世纪在此地建立莎士比亚全身像开始。从此，诗人们陆续安葬到这里，或者在这里设置纪念物，从而形成闻名遐迩的诗人角。

在这里建墓的著名诗人还有布朗宁、哈代等，墓穴上铺着石板。本·琼生，德莱顿，格雷，布莱克，柯尔律治，拜伦，司各特，丁尼生，狄更斯，萨克雷，勃朗特姊妹，拉斯金，艾略特，奥顿，狄兰·汤马斯等都在这里占有一席之地。诗人角的"诗人"范围已经扩大，哈代、吉卜林写诗也写小说，而狄更斯、萨克雷、夏洛蒂·勃朗特只以写小说知名，拉斯金专写评论，可以说是广义的诗人吧。总之，英国文学史上的巨星和星星大都群集在这里了。

我真想在这里"流连忘返"，但做不到。闭门的时间到了，我只好向诗人角告别，向西敏寺告别，返回到车上，继续乘车，回到塔维斯托克旅馆。

我在大学里不是专修英国文学的，但对英国文学特别是英国诗歌一往情深。这些大师们的作品我部分地读过，有些诗篇能背诵出来或默记于心。我对西敏寺诗人角，慕名已

在巴黎凡尔赛宫喷水池前

久。这次能亲自来作一番瞻仰，真感到无限欢喜和兴奋。直
到夜间，兴奋的心情依然不减。我在旅舍电灯的照明下，奋
笔写下了一首十四行诗，题作《西敏寺诗人角》。修改了几
遍后，誊在日记本上：

> 繁灯如雨的傍晚，珍贵的时间！
> 我冲进西敏寺，穿越石棺和长廊，
> 红衣神父指给我从右侧向前，
> 我飞步奔向诗人们肃穆的殿堂。
>
> 谁说教堂里一盏盏神灯幽暗，
> 群星突然间迸射出炫目的光芒；
> 尽管唱诗班和风琴停止了和弦，
> 诗国的仙乐顿时充塞了穹苍！
>
> 立像和胸像交映，圆石板生辉；
> 愿一国菁英，人类的智慧长存——
> 我凝视，默祝不朽的诗句遄飞，
> 静看莎士比亚微笑着总领群伦。

　　异邦人来这里默默地向群山进谒，

　　思考着，高峰由谁来攀登而超越？

　　夜已深，我拉开窗帘，遥望夜空。只见群星璀璨，仿佛
每一颗都是一个诗魂，在向我眨眼……

从秋到冬·朝顶诗神缪斯
——致陆士虎

士虎老弟：我们没有见过面，只是多次通信，又通过长途电话进行过多次交谈。不知怎么的，我总从你的口音中感到一种亲切，一种坦诚，一种信任，也可以说是一种灵魂的沟通。我非常珍惜这种友谊。

你想了解我这次出国访欧的一些情况——当你一听到我在欧洲访问济慈故居、墓地而同时在国内绍兴正在颁发鲁迅文学奖（《济慈诗选》获奖）时，你觉得是一种难得的巧合，让我暂停讲话，要去拿笔记下我的口述，说要写一篇散文。我很感动，说：让我写封信告诉你吧。这封信就这样开始了。

我于8月14日乘中国国际航空公司的客机离开北京飞抵伦敦，我的小女儿章燕来接我，又乘长途公共汽车到诺丁汉，入睡时已是深夜。8月下旬到9月上旬，偕小女访问了法国、意大利、西班牙的四个城市。9月和10月间，访问了伦敦，苏格兰各地和英格兰湖区，最后访问了剑桥。

我这次访英，是由于诺丁汉大学文化研究与批评理论研究生院院长麦戈克教授（Professor Bernard McGuirk）的邀请，才办成赴英签证。他邀请我前往该校进行一次讲学活动。10月3日，我在诺丁汉大学威洛比教学大楼会议室作学术报告《诗歌与诗歌翻译》。报告毕，与会的教授、学者、翻译家、诗歌研究生和博士生对我的报告进行了讨论和提问，我作了回答和阐释。这次学术报告会由麦戈克教授主持，是该研究生院年度系列学术报告会之一。我的报告探讨了诗歌翻译的可行性与不可行性问题，"归化"和"外化"问题，作者风格与译者风格的矛盾统一问题，阐述并探讨了严复提出的翻译三原则"信、达、雅"的内涵和外延问题，并将孙大雨首创、卞之琳发展并进一步完善的英语格律诗汉译原则——"以顿代步、韵式依原诗"首次介绍给英国学界，同时探讨了英诗汉译和汉诗英译中的各种问题，有许多地方是结合自己的翻译实践经验谈的。在列举中国古典诗歌英译中错误的例子时，听众间发出阵阵轻轻的笑声，说明他们听得很投入。

会上，大卫·默瑞博士（Dr David Murray，诺丁汉大学高级讲师——按：英国没有"副教授"这一职称）说："中国诗歌中的视象很重要，与西方诗歌不同。但你的诗歌翻译和你的报告所关注的似乎更注重声音和韵律以及诗的形式。不知你对诗歌中的意象和视象是怎样看的？"

巴西女教授艾尔斯·维埃拉（Professor Else Vieira）——她是巴西明纳斯·戈莱斯联合大学翻译与翻译理论研究生教学大纲规划室主任——说："你的讲话中提到翻译的三原则信、达、雅，你特别强调了翻译应当表现出原作的风格之美，对此我十分赞同。具体说，你是怎样在翻译中传达这种美的呢？"

麦克唐纳·达里博士（Dr Macdonald Daly，诺丁汉大学高级讲师，文化研究与批评理论研究生院研究室主任）说："你的讲话中提到莎士比亚全集在中国有五种译本，弥尔顿的《失乐园》在中国有四种译本，这使我吃惊，同时也感到一种不平衡，即英美文学译介到中国的多，而中国诗歌与文学作品译介到英国来的少。不知你对这种不平衡是怎么看的？你的讲话中提到诗歌翻译要反复领会诗歌的原意并注重传达原诗的音韵和形式美，这是否意味着诗歌翻译者必须是一位诗人，诗译者和诗人间是什么关系？"

琪恩·安德鲁斯博士（Dr Jean Andrews，女，诺丁汉大学西班牙与拉丁美洲研究室研究员，翻译家）说："我同意你讲话中提到的诗歌翻译中对风格美的表现。同时我要说，你的讲话本身就是一种美的表现。你的翻译注重对诗歌音韵的表达，而你的讲话本身就表现了很鲜明的音韵美。你的朗读对英语的声音、音乐性、韵律等掌握得如此娴熟，令我吃惊。"

菲亚农·英姆斯小姐（Miss Phiannon Imms，诺丁汉大学美国研究生院）说："你对语言的掌握有一种天然的才能，你是否还懂别的语言？"

我作了概括的回答和阐释，我说："好的诗歌必须有突出的音韵美，中国古典诗歌就是如此。我认为诗歌翻译中极为重要的一条就是表达这种美。音韵美与风格美是不可分割的。同时，诗中的音乐美与绘画美是统一的，诗的意象和诗的音乐常常融合在一起。image（意象）这个概念似乎并不是美国意象派诗人庞德（Ezra Pound，1885—1972）所首先提出。中国南北朝时期的文学理论家刘勰（约公元5—6世纪）就在他的巨著《文心雕龙》中提出了'意象'这个概念。意象应该是意思和形象的融合。诗歌翻译要重视意象，同时重视音韵，把二者紧密结合起来。怎样在翻译中传达原作风格之美，这要靠译者深切体会原作者的创作情绪，通过译者和作者两个心灵的拥抱和融合。在翻译过程中，要殚精竭虑寻找对应的表达方式和语言，如严复所说的：一名之立，旬月踟蹰。我在翻译过程中备尝甘苦，苦到极点，终于找到了适当的表现方式，适当的词语，我就欣喜若狂，得到极大的欢乐。要反复领会诗作的原意并传达其音韵和形式之美，最好是由诗人来做这项工作，因为他能体会原诗作者的创作情绪，但具有诗人气质的翻译家也能做到这一点。我学的外语主要是英语，并对英语语音学感兴趣。非常感谢琪恩和菲亚农对我的讲话的赞誉。我在大学里学的第二外语是法语，我还学过俄语、日语，但这些已经全部忘光了！"

麦戈克教授说："在西班牙等国家，人们至今保留了背诵诗歌的传统。有一次我在西班牙乘火车，旁边坐着一对年轻的恋人。夜深人静时，男青年紧紧搂着姑娘，低语着什么。我原以为他在对他的恋人诉说着甜蜜的情话，但仔细一听，发现他在给她背诵洛尔加（西班牙诗人，Garcia Lorca，1898—1936）的诗，大段大段地背诵。屠岸，你在讲话中提到莎士比亚和英国的以及中国的古典诗歌，它们与当代诗歌的关系是不能割断的。文化的总量中不能没有传统的东西。我的祖母已经90多岁了，她现在还能背诵莎士比亚戏剧中的独白。有时我跟她打电话，她就在电话中跟我背诵莎士比亚戏剧中的独白。请问屠岸：这种对传统的记忆在你的生活中和诗歌翻译中是否很重要？"

我说："我一生都在背诵诗歌。我小的时候，母亲教我读唐代诗歌和其他中国古典诗歌，到现在我都没有忘记。我常常在心里默诵中国古诗而入睡，这使我睡得安宁。我现在还在教我的女儿读古诗，也教我的外孙女和外孙读古诗。至于翻译，我对我所译的英国诗歌中的一些精品如莎士比亚的一部分十四行诗，华兹华斯的一些抒情诗，济慈的几首颂诗，我都能背诵。这大大有益于我对这些诗的翻译。"

大卫·默瑞说："现在有些学校里教学生诗歌只是在做一件事，就是文字的释义。学生把老师讲的对诗的释义都记下来。他们并不是用感觉、通过情绪体会去学习诗歌。"

麦戈克说："默瑞的意思是：诗的学习应该抛弃释义，而该是将身心投入诗中，用心灵去感受诗歌。请问屠岸：你觉得你心目中的诗歌处于什么地位，起什么作用？"

我说："我认为诗歌的作用应该是净化一个民族以至人类的灵魂，使人向善，使人高尚，使人的精神得到升华。"

麦戈克说："你曾讲到你曾一度终止诗歌翻译，那是在'文化大革命'中吗？"

我说："是的。那时我们中的许多知识分子受到冲击，被送到五七干校去劳动。诗歌翻译和创作当然是不可能进行了。"

麦戈克说："如果说那时你们都不读书，我不大相信。但，那时候你们读些什么呢？"

我说："那时外国文学作品是不允许读的，除非偷偷地读。当时中国的文学作品大都受到'左'的思想影响，很概念化，教条化，小说中的人物形象也很苍白，空洞。"

麦戈克问："那时你的脑子里还在背着诗歌吗？"

我说："我在五七干校常常是背诵着济慈的《夜莺颂》《希腊古瓮颂》入睡的。"

麦戈克问："现在中国的知识分子情况怎样？"

我说："自由多了！"

巴西女教授维埃拉说："作为文学翻译家我们大多数现在都比较苦恼，因为翻译作品的读者太少。而你讲到你翻译的《莎士比亚十四行诗集》再版了十几次，发行量达到50万册！有这么多读者你感觉怎样？读者都是一些什么人？你的译著也在国外发行吗？"

我说："有这么多读者我当然感到欣慰。'文化大革命'时许多好书被禁止了，但我后来知道我译的莎翁十四行诗有许多手抄本在知识青年中流行，一直到国境线上，我很感动。'文革'结束，我的译本很快就再版。读者群众都是青年学生和诗歌爱好者。中国读者对莎翁和外国古典文学作品的热情是很高的。我的译著没有在外国出版，但在香港和台湾有发行。"

　　以上是根据我女儿的记录和自己的回忆，会有不完全准确的地方（没有录音）。此外，讨论中还涉及古典诗歌与当代诗歌的异同，对传统的继承和筛选，没有"遗忘"（这是英国学者爱用的一个术语或概念）就没有创造和产生；诗的内涵的多义性（当代诗歌有多义性，传统诗歌也有多义性），多层次，不确定性，可懂性和不可懂性等等问题，还谈到英国当代诗歌读者少，大学生喜欢诗歌的少，愿意研究诗歌的学生也少等现象。

在罗马济慈墓前

这次学术报告会从19时开到22时，中间用半小时吃自助餐。会上气氛良好而热烈。

过了一天，10月5日，我收到了麦戈克教授给我的一封信，信如下：

亲爱的屠岸：

前天星期三晚上，在诺丁汉大学举行了由你主讲的学术报告和讨论会，我代表全体有幸参加这次会的同事们向你写这封信。你的学术报告内容缜密，令人难忘。我们都认为由你的报告引发的讨论是我们记忆中最成功的讨论之一。

可以肯定，你将始终在我们的记忆中占有位置，而且，如果还有机会，你将再次成为我们中间一位受敬重的合作者。

你的诚挚的

伯纳·麦戈克

士虎老弟：我得再告诉你一下事情的起因。我的小女儿章燕（北师大副教授，硕士生导师，专业是英美诗歌和文论）获得了国家教委的留学生奖学金，成了诺丁汉大学的访问学者。访学时间一年，今年一月去，明年一月回国。章燕要为我译的《英国历代诗歌选》写序，向麦戈克教授了解有关资料，麦戈克问有什么用，她讲了，麦戈克了解到我的情况，于是向我发出了邀请。事情的经过就是这样。

说实话，我参加这次会，心情还是有些紧张的。讲稿是早就准备好了，开会前，麦戈克已把我的讲稿打印多份，分送给每位与会者。所以我讲时他们都对照着文字听。我对英语发音和朗读很有把握。我在初中时曾就读于上海的一所"牛津英语夜校"实习英语。教我们的是一位英国老太太，教的是纯粹的英国音。我读大学时对英语语音感兴趣，学习了周由廑先生所著《英语语音学入门》。20世纪三四十年代我在上海经常看美国和英国的原版电影，对美国发音和英国发音有所了解。我在英语发音和朗读上用过一些功。所以这次读讲稿，我觉得还是成功的。但我有先天的弱点，我在大学学的不是英语专业，又没有在英语环境（如英国、美国、加拿大、澳大利亚等）中生活过，缺乏听和说的实践，因此我的听力和口语很差。我在1962年到1963年因患肺结核注射了大半年国产链霉素针剂，耳朵的功能受到一定的破坏，听中国人讲话也有些吃力，何况英语！再者，在英国，也有各地的人，大都带有口音，有人有苏格兰口音，有人有爱尔兰口音，诺丁汉人跟伦敦人口音也不同，连伦敦西区和东区人们的发音也不全一样（正如上海浦西人和浦东人发音有异）。我听起来就更加吃力了。这次"逼上梁山"，很怕出洋相。原想让女儿当口译，但在现场气氛中不可能插入"中介"，必须随时应对，所以她没有作口译，只好由我临场发挥，简直捉襟见肘，幸而还没有大出洋相，就那么应付过去了。

屠岸与女儿章燕在罗马济慈故居

士虎老弟：下面让我谈谈有关济慈的事吧。

在小女儿陪同下，我于9月18日访问了济慈故居（伦敦），8月30日访问了济慈临终住所纪念馆和墓地（罗马）。

关于济慈，你可以从我寄给你的《济慈诗选》及所附"济慈年表"和我写的"前言"中了解一点。济慈是我最喜爱的诗人之一。我在读大学时就倾心于他。他22岁时得了肺病，我也是22岁时得了肺病。他25岁即死去。我也曾自忖过只能活到25岁。（旧社会生活贫困，肺病特效药还没有产生。我的同窗好友年纪轻轻即死于肺病，我自以为也不能免。）济慈迷于诗，我也迷于诗。于是我把他当做超越时空的冥中知己（不把他当做古人，而是当做朋友）。当然，他是大诗人，我只是渺小的诗爱者，不能相比。"文革"浩劫中，我在干校劳动，是济慈的诗成为我继续活下去的精神支柱之一。那时这类洋书在我家中已经绝迹。1966年红卫兵冲击私人住宅时造成许多惨剧，我不得不把大批英文原版书撕去封面封底称斤（每斤2分）卖掉以免祸及家中老人。但济慈的诗我能背诵，这是任何造反派都拿不走的。我译济慈的诗，始于20世纪40年代。到了90年代初，任吉生女士（当时任人民文学出版社外国文学编辑室主任）约我翻译济慈作品，我花了三年时间，译出济慈的几乎全部重要作品，这才有了1997年初版的《济慈诗选》。

这里还要讲一个小故事。1999年新闻出版署主办第九届国家图书奖工作时，评委会副主任委员季羡林先生特别提出将《济慈诗选》列入初评入选书目（事先《济慈诗选》没有上报，是季先生见到书后提出的），但复评时落选了。

今年，正巧在我访问济慈故居的差不多同时，在绍兴与鲁迅诞辰120周年纪念活动相结合举行了鲁迅文学奖（第二届）的颁奖大会。此时我不在国内，根据作家协会的通知，我的儿子蒋宇平代我到绍兴去领了奖。据方平告诉我，《济慈诗选》是全票通过，按照得票多少排名次，它排在鲁迅文学奖七个奖项之一文学翻译彩虹奖的第一名。鲁迅是我最敬佩的现代中国伟大的作家、思想家。这次奖以鲁迅命名，对我是极大的荣誉。——但，我也没有太激动，对我来说，荣誉不是最重要的，最重要的是奉献，是把尽可能好的译作奉献给亲爱的读者。能写好诗，译好诗，奉献给读者，这比什么都重要。

伦敦的济慈故居位于这个大城市的西北部汉普斯泰德区，现在也是较繁华的镇，在济慈当时还是偏僻的郊区乡村，附近是丛林和草地。济慈在这里住过一个不太长的时期。1818年12月，济慈的弟弟汤姆死于肺结核，他的好友布朗把他接到自己家中同住，这就是现在的济慈故居。济慈一度离开此宅，后又住入，直到1820年9月他赴意大利为止，不到两年时间。在这里，他写出了他的最主要的作品：六首《颂》，《圣亚尼节前夕》，《海披里安》等。

今年9月18日上午我和女儿刚访问了伦敦西敏寺，特别流连于那里的"诗人角"——其中莎士比亚塑像的上方就有一块纪念济慈的圆石板。下午便与女儿赶到汉普斯泰德济慈故居访问。（这已是第二次来，9月17日来过一次，恰逢星期一不开放。）这个地方原名"温特沃斯宅"，现名"济慈故居"，又名"济慈林舍"。房屋所在的街道也命名为"济慈林舍路"，路对面是圣约翰教堂。地方很幽静。故居是一幢独立的两层楼建筑，楼上楼下共有六间房间，当年住三家人家。还有地下室，包括厨房、贮藏室等。房屋坐落在一个不大的花园中。屋墙是白色的，在绿色的树木和草坪中显得格外清幽。楼上有济慈的卧室，楼下有济慈的起居室。室内的一些家具有些是原物，有些则是按当时的原貌仿制的。玻璃框里陈列着他的手稿，初版诗集等珍贵文物。济慈的代表作《夜莺颂》，在这里诞生。据布朗在给友人的信中说，1819年春天，这里前院绿地上有棵李树，李树上有一只夜莺的巢。济慈听见了夜莺的歌声，感到一种宁静和持久的愉悦。一天早晨，济慈从早餐桌旁端起一把椅子，放到院子里绿地上李树下，坐了两三个小时。布朗说，当济慈回到屋子里时，他见到济慈手里有几张小纸片，他什么也没说，就把纸片塞在书堆后面。这就是《夜莺颂》的原稿，是布朗把纸片捡起保存了下来，流传到了今朝。今天，故居前院还有一棵李树，但不是当年的，是后人新植的了。我在这棵树下徘徊良久。

布朗曾把"温特沃斯宅"的部分房间出租给狄尔克一家和布劳恩太太一家。布劳恩太太是个寡妇，有一个女儿芳妮，18岁。济慈认识了芳妮，一见钟情，坠入爱河。济慈的一些著名的爱情诗就是写给她的。他们于1819年订婚。济慈曾一度离开温特沃斯宅，住到他的另一位好友利·亨特家中。亨特粗心大意误拆了芳妮给济慈的信，济慈不高兴而离去，回到温特沃斯宅。此时济慈的肺病已日趋严重，芳妮和她的母亲悉心照料济慈。这是济慈在英国度过的最后一个多月的时间，也是他一生中最温馨的一段时间。但病情未见好转。医生认为伦敦的冬季不利于济慈，劝他到温暖的南方过冬。济慈只好听从医嘱，前往意大利，那是在1820年9月。陪同前去的是济慈的好友、画家塞文。济慈与芳妮这一别，就是永诀。当次年2月济慈逝世的消息传到伦敦时，芳妮受到极大的打击，悲恸欲绝，面上光彩尽失，头发变色。她为济慈穿丧服四年（一说六年），之后，又过了八年独身生活。一位朋友在书信中说到芳妮当时的情况："济慈与之相爱并准备结婚的，是一位美貌的少女，现在她正憔悴得骨瘦如柴，我相信不久她会随济慈而去。"芳妮在给济慈妹妹的信中说："他（济慈）的朋友们都已从这次巨大打击中缓过来了，他们以为我也会缓过来，但我可以告诉你，我没有，而且永远也不会。"芳妮到33岁时才与林登结婚。她活到65岁，而济慈赠给她的订婚戒指她一直戴在手上，直到死。现在济慈故居楼上有芳妮卧室，其中就陈列着那枚订婚戒指。

在这之前，8月30日，我和女儿到罗马，访问了三圣山下的另一故居。这是一座三层楼的意大利民宅，坐落在罗马市中心西班牙广场上，广场上广阔的台阶之上是名胜地三圣山。济慈于1820年9月由塞文陪同从伦敦乘船赴意大利，11月抵达罗马，住在这里。他的病曾一度好转，但12月大咳血，病情急剧恶化。次年2月23日，病逝于此。这个故居现在称作"济慈、雪莱纪念馆"。19世纪末，这座房屋面临被拆毁的危险。意大利的济慈、雪莱纪念协会购买了这座房屋，并建成了"济慈、雪莱纪念馆"。事实上雪莱并未曾住在这里，但雪莱在罗马住过。这里陈列着济慈和雪莱（还包括拜伦）的许多有关文物，所以用了这么个名称。济慈和塞文当年住在这座民居的三层楼上，从小阳台可以看到三圣山建筑。在济慈死亡的住室里，床已不存在，改为书桌，玻璃柜陈列着济慈手稿和诗集初版本。据介绍，济慈死后，床和所有家具都被付之一炬，因为那时人们怕这些东西会传染疾病。济慈最后的日子过得非常痛苦，不是害怕死亡，而是精神折磨。他一再要求塞文把一种名叫"劳丹酊"的药给他，这是一种强烈的麻醉剂，能致人于死。他想自杀。他对塞文说："既然我必死无疑，那么我只是想把你解脱出来，使你不至于长期服侍我，眼睁睁地见我死。死亡可能迟迟到来，我知道这会使你由于缺乏经济来源而陷于困境，你的前程也会因此破灭。我已经使你停止了绘画，那么既然我必有一死，为什么不现在就死？我决定吞服劳丹酊，使迟迟来到的死亡早日到来，同时把你解放出来。"这使塞文大惊。塞文好言安慰他，又把药藏起，最后交给了医生。济慈因不能如愿而发怒，哀求，甚至大怒，最后才慢慢平静下来。医生一天来看他几次，济慈因消瘦而眼睛显得很大，淡褐色愈来愈明显，他的眼睛射出一种非人间的光彩。他用这双眼睛望着医生，用一种带有深沉悲怆的声音问："我这Posthumous生命还能维持多久？"Posthumous是"死后的"意思。他认为自己实际上已经死了。最后，塞义在给布朗的信中说："他已经去世了——他在最恬静的心境中死去——他似乎入睡了（23日星期五）四时半死神来临……'塞文——塞——抱我起来，我正在死——我要死得安恬——不要害怕——感谢上帝，它（死）来了'——我用双臂把他抱起，痰在他的喉咙里好像沸水一样——这状况延续到夜里11时，他渐渐沉入死亡——如此宁静，我还以为他在熟睡。"

　　济慈索求劳丹酊时对塞文说的话令我万分感动，从中可窥见济慈的人格。我读塞文给布朗的信时竟湿润了眼睛。

　　济慈死后，葬在罗马新教徒公墓。同日下午，我和女儿找到济慈墓地，向他凭吊。济慈墓和塞文墓并立在草地上。济慈墓碑上刻有浮雕，是一只古希腊里拉琴，应该有八根弦，但四根已断，只留下四根，意味着诗人的天才未发挥净尽即被死亡掐断。碑上遵济慈的遗愿不刻他的姓名，只刻着他自定的铭文："用水书写其姓名的人在此长眠。"（另一种译法是："姓名写在水上的人在此长眠。"）济慈的生死之交塞文的墓紧挨着济慈墓，墓碑上刻着画板和画笔，表明他的画家身份。碑上的文字是："约瑟夫·塞文，约翰·济慈的挚友和临终伴侣，他亲眼见到济慈列入不朽的英国诗人之中。"塞文后来在意大利作画，任职，享年85岁。二人墓上绿草如茵，济慈墓上还有人放置着一卷手写诗篇。后人因济慈墓碑上没有姓名，便在附近墙上立了一块纪念石牌，上面刻着济慈的侧面浮雕像，四周有桂枝花环环绕。像下刻着四行诗，译如下：

　　济慈！假如你的美名是"用水写成"，

　　那么每一滴都是从哀悼者颊上流下——

这是神圣的颂辞。英雄们通过杀伐

立丰功而追求这样的颂辞却往往无效。

安息吧！墓铭如此淡泊何损于荣耀！

　　这块石牌不知何人所立。想来是出于济慈的崇拜者。四句诗也说出了所有热爱济慈的人的心声。

　　在英国浪漫主义六大诗人中，人们常常把济慈和拜伦、雪莱并提，并且排位在后。的确，过去拜伦、雪莱对世界的影响比济慈大。鲁迅在1907年写的论文《摩罗诗力说》中特别推崇拜伦，把他列为"摩罗诗人"之首。（"摩罗"即反抗者，叛逆者，指反抗旧世界、旧秩序者。）拜伦晚年支援希腊独立，摆脱土耳其统治，倾其家产，亲赴希腊，组织"拜伦旅"，竟以身殉。当时中国处于半封建半殖民地地位，中国人民要求独立、自强、民主、自由，所以鲁迅推崇拜伦有深刻的历史背景。鲁迅也推崇雪莱，雪莱曾被马克思誉为"真正的革命家"。而济慈过去曾被视为唯美主义者，而唯美主义在一个时期内是贬义词，因为它就是为艺术而艺术，就是漠视国家、社会、人民。其实这是对济慈的误解。济慈在他的诗作中歌颂民族独立，反对专制压迫，渗透民主精神。但他的民主精神并不都体现在具体的政治事件的描述中。他的民主倾向同他的诗歌美学统一在一起。他所歌颂的美，是一种政治倾向的审美折射。

在罗马济慈故居的陈列物的描述中，有一段代表当今诗歌评论动向的文字，译如下：

拜伦上个世纪（19世纪）在意大利享有巨大声誉。他与意大利"调和者"集团和烧炭党人的接触保证了他在意大利爱国者中间享受荣誉，获得成功。……雪莱在意大利的声誉稍逊于拜伦，来得也迟些。……济慈当年在意大利没有得到爱国者的称赞也没有得到诗人们的尊敬。但是今天，在意大利，济慈已被认为是上述三位诗人中之最伟大者。欧仁尼奥·蒙塔莱把济慈列入"至高无上的诗人"之中。

（按：蒙塔莱是现代意大利诗人，被称为意大利20世纪最伟大的诗人，1971年诺贝尔文学奖得主。）

我有个习惯，就是爱画速写。在罗马三圣山下济慈故居，济慈墓，伦敦济慈故居，我都画了好几幅速写。只是水平低，只能自己留作纪念。

还有一件巧事：8月30日在罗马济慈故居访问时，遇到纪念馆工作人员，一位年约30多岁的女士，讲一口流利的英语，态度和蔼，有问必答。我原以为她是意大利人。9月18日我访问伦敦济慈故居时，又见到这位女士，原来她是英国人，在两个济慈故居轮流工作，这回是回到英国了。我们一见面，好似熟人似的。我把我译的《济慈诗选》交给她，作为我给济慈故居纪念馆的赠品。她高兴地接受了，询问我译了济慈的哪些作品，我一一回答了。她说，她将把这个中文译本收藏在济慈故居的书库中。

士虎老弟：这封信开始写时，是在11月上旬（大约是11月5日），因工作和杂事干扰，写写停停，到今天已经是11月26日，写了二十几天时间。总算快完了，松了一口气。信因为是断断续续写的，一定会有零乱、芜杂、重复、语气不连贯等毛病。

我原是应你的要求，为你提供资料的。不觉一动笔便收不住，写了这么　大篇流水账，也算是这次欧洲之行的一份记录吧，可以立此存照。你想以我这次欧行访济慈故居和《济慈诗选》获鲁迅文学奖同时发生为题材写一篇散文，我尊重你的想法。我不提任何要求。但有一点，请不要把我写得过分，要客观，不要过誉。我是个平凡的人，请还我以我的本来面目。如果下笔以后觉得不好写，不写也可以，不要强求。

开始写此信时，天气温和，户外树叶还是绿的。信写完时，气温大降，西北风敲窗怒吼，树叶枯萎，大半被风卷落。我想起济慈的《秋颂》："雾霭的季节，果实圆熟的时令"，也想起他的一首十四行诗："刺骨的寒风阵阵，在林中回旋，低鸣，树叶一片片枯萎，凋零。"从秋到冬，我写了这么一封信。这信从"果实圆熟的时令"开始，到"刺骨的寒风阵阵"结束。现在小雪已过，愿你在大雪之前收到它。能给你这么一封长信，说明我们有缘分。

祝健康，愉快！

2001.1.26 夜写毕

姐　姐

　　我曾经有过一个姐姐，她是我的姑妈的女儿，她比我大一个月，她是我的幼伴，她有一双很大的眼睛。

　　那年代，算起来也不能说很遥远，然而在我的心中，却似乎已经湮埋在荒凉的古代。那时候我寄居在姑妈家里，在一个江边的古镇上。那带有原始味的镇上有一座天主教堂。我记得那教堂有一扇整年紧闭着的大门，像一副冷峻的面孔。然而我又知道它有一扇侧门微启着。我和姐姐曾蹑足走了进去。但里面不见人影，只有一个空洞的大院子；院子四面墙壁上长满了两尺高的青苔，因为每年春夏，江水上涨了，地面上要冒起两尺多深的水，水退后，浸过水的墙壁上就长起苔来了。院子的角落里，倒伏着两艘很大的破船。我和姐姐曾在江边遇到过一位穿蒲鞋的老人，他告诉我们说，教堂里那两艘大船是江洋大盗的遗物，那船底里还留有遭劫者的血痕。我和姐姐为好奇心所驱使，便到教堂院子里，钻到那倒伏着的破船下面去细看。但是我们只见到黑暗、蛛丝和烂木屑，即使有血痕，也不能看见。然而，我们却在那霉湿的土地上发现了一件异常美丽的菌类植物。姐姐就把它拔了起来，带回家中。

她似乎为一种魔力所驱使，坚持着说这种植物是可以当做食品的。她偷偷地把它煮熟，吃了第一口，便几乎被它的美味醉倒，而她从此就慢慢地变得胆小了。我始终没有吃它，因为它过分艳丽的色彩惊住了我。以后每天，她总是央我陪她去找那美丽的植物。那破船附近的早已采撷干净，所以不得不到附近的山里去寻觅。虽然这种植物极难寻获，但我也似乎被一种魔力所驱使，努力地到处为她寻找。于是姐姐吃了许多，许多，而她这个人也跟着变化，变化。一到黄昏，她就缠住我，一步都不让我离开；如果晚上她必须出外，一定要我陪着，在家里，她始终不让她母亲把煤油灯从身边拿开。夜愈深，她愈跟我挨紧，直到我透不过气来，直到我看见那双大眼睛在黑暗中闪着炫亮的光。

一天在江边，我们又遇见了那位穿蒲鞋的老人。他眼睛里闪着狡黠，说，她手里拿着的美丽的植物，名叫"胭脂菌"。他说，高等菌类有很多种，有的可以吃，如香蕈；有的有毒，如毒蝇蕈；胭脂菌也是有毒的。他说，一种东西美好得过了分，就会带来不祥；祸和福是互倚的又是互伏的。

他的话我们似懂非懂。他说完就飘然而去了。我呆立了一会儿，回头看姐姐：她的双颊已经绯红，她的眼睛变得更大更亮了。她忽然紧握我的手，我觉得她的手掌热得发烫。回到家中，她就病倒了。在病中她依然渴望着那种鲜美的植物，但又不许我离开她的床畔。逐渐地，她呓语了，说出了许多我听不懂的话。直到有一次她说："江洋大盗来了，我怕！"之后就不再言语。她昏迷了，灵魂仿佛徐徐从她的躯体内离去。终于，姑妈作出了最悲痛的决定：把她送到那座天主教堂里去，祈望得到上帝的拯救。

似乎有几个人来把她抬走，而我是被决定留在家里的。但是我没有耐到黄昏，便潜出屋子，偷偷地走到那座教堂门前。我原指望那扇大门是会为姐姐而打开的，然而当我走近时，大门依然紧闭着，像一副冷峻的面孔。我怀着孩童所有的疑虑，只有再蹑足走进那扇微启的侧门。我兀自站在那空洞的院子里，茫然若有所失。只见四面墙壁上的青苔似乎更厚了，它的绿色也更浓了，浓得像黑暗中发出绿光的眼睛，要刺入我的空洞的心。忽然，我听见了教堂里奇异的钟声。那奇异的钟声第一下沉重地敲破了这里的岑寂时，我的视线不自主地射到墙角里，于是我发现，倒伏在那里的两艘强盗遗下的破船已不知去向；而那里的泥土上，又长满了胭脂菌，它们的色彩似乎更艳丽了，红得有如刚从遭劫者心脏里流出的血液；那血液流得很规则，因而成为一种血痕组成的图案：一种符咒——我被它们过分艳丽的色彩惊住了，于是，像富有成人的智力般，我转身离开了那院子，离开了那教堂；深沉的钟声仿佛来自另一个世界，伴着我孤寂的足音；我以孩童所稀有的步伐，踉跄地走着……于是我永远离开了那院子，永远离开了那教堂，同时也永远离开了我的姐姐，因为那奇异的钟声已经把她带走了。

此后的一切，都成了一片模糊的记忆。总之，我不住在那江边的古镇上了，我投进了纷纭的尘世。然而，在我的心的中央，永远有一个活着的姐姐。她是我的幼伴，她比我大一个月，她有一双很大的眼睛。

1944年

夜 会

虽然心颤未定，我已经到了木栅门口了，不自主地打开书包，伸手进去挖那张请柬。请柬未挖到，书已翻得鹿鹿乱。哲学和历史，科学和宗教，已经全部颠倒。似乎门口的司阍在笑我，一定是的。一个人都没有，只有我在门口当着司阍的面挖一张请柬。然而我终于从一大堆紊乱的知识中挖出了那张请柬，拿在手中，朝木栅门里走进去，似乎很有些扬长的神气。但走近一看，那司阍是木制的偶人。

门里黑黝黝的，分辨不出东西。花圃中间有一盏灯，像照明灯似的，恰巧照着我这一面，我绕着它走了许多路，它还是向我照着；我拐了弯，它仍是照向我。我朝它走近去，花圃的绳栅挡住了我。

我走到喷水池边，那里没有水喷出来。我向池边凳子上坐下去——这，极自由地，我可以坐下来，不受拘束，不受干涉。这一刹那，我似乎真正领略了自由的滋味。我开始整理我的书包，摸着黑，把各种知识——关于上帝的、人的，天国的、尘世的，迷信的、科学的，都整理得有条不紊。

夜气中的我站立起来，离开喷水池。大草地的四周没有绳栅。近日没有下雨，草地该不是湿的吧。我的这双开口鞋，平时在湿地上走三五步，潮气就侵入我的脚趾了。现在，我走了不止三五步，脚趾没有阴凉的感觉。那么，草地该是干的了。可是我不放心，我弯腰伸手到草地上去摸。啊！草完全是湿的。然而，一步步继续向前走，脚趾仍然没有感到潮湿。

四周没有一个人。宇宙似乎属于我一人了。眼前有一排凳子，我便将身子仰卧在凳子上，再把我的沉重的书包加到我的胸膛上。星体繁密，散布在深蓝色的纸上——不，这不是纸，是一层层以至无数层蓝色的细纱，把无数支小烛光一重重地隔开了，被隔在前面的还可以对我眨眼睛，被隔在后面的就模糊而深邃了。这一大片，柔和得像丝绒，神秘而不可捉摸。我努力向太空投射我的目光，努力，努力——两旁的星辰都在我锐利的目光的突进下后退了，消隐了……然而，我的目光也彷徨无可栖止，只知道还有路程，黑洞洞的，没有尽头……

我站在草地上了，手中提着一只沉重的书包。我忽然把身子转动起来，于是我所望着的神秘的天空也旋转了起来，奇迹！我任性地转动起来，用力把手中的书包甩出去，同时又不使它脱手，于是那书包好像在使劲拉我出旋转的圈子……我的头依然仰着：整个天体在转动了，星星在飞旋，天国起了混乱，神秘的疆域沸腾了……我自己似乎也加入了那漩涡，不能自主了。只觉得自己的身子在旋转，如脱缰的野马……地，整个大草地，不，原野，整个原野在颤动了，原野倾斜了！原野是海浪！啊！海啸！原野是绝壁！啊！地震！整个宇宙颠倒了！我，疯狂地旋转，旋转……忽然右面的整块大地倾斜，向我打来，猛烈地打来，我用右足拼命抵住，它仍打来，我抵住，它打来，抵住……

"啪！"整块大地打了我右颊一巴掌！定睛一看，自己好好地躺在草地上。四周的一切是静止的，天上的星星正亮，大地是平和的，夜风微拂着我的头发。

我侧身望去，只见小楼的灯光隐在远树丛中，仿佛是众星中的一颗。主人也许在等我？

我忽念及草地是湿的，连忙爬起来，于是我发现自己方才正躺在一条小溪边，溪水里倒映着整个星空。我用手摸摸我的衣服，一点也不湿，我再弯腰去摸摸地上的草，分明是湿的。

1940年10月26日

奇异的音乐

一个寒冷的黎明。我醒了。我听见一种从未听见过的音乐，仿佛裂帛，或断弦的共鸣，又仿佛童声的有顿挫的歌唱；然而很低，很低，自近而远，从窗外一直延伸到天边；又自远而近，从天的尽头回响到我的枕边……

我惊异地问："什么声音？"

我的伙伴回答："河里的冰坼裂了。"我起身，走到户外，河边。我看见河里的冰块有了裂缝，有些还在继续开裂。冰河解冻了。碎冰下面的水开始缓缓流动。凛冽的季节将要过去了。而那奇异的音乐继续一次又一次地拨动我的心弦，直到慢慢地隐没在白天的噪音里。

那是1949年初，我在浦东川沙县一个村子里暂住的时候。30多年过去了，可是那奇异的音乐还时时鸣响在我的心头。

一个炎热的夜。没有星星，没有月亮。轮到我在田头的席棚里看守水泵。到了半夜，让水泵暂时休息。突然，我听到一种从未听见过的奇异的音乐，仿佛蚕正在吐丝，蛋壳正在被啄破，又仿佛无数低音提琴正在进行断奏；然而很低，很低，几乎听不见，可是有，近处有，远处有，弥漫在池边、树旁，在广袤的田野里，在一切有生命存在的空间……

我惊异地问："什么声音？"

跟我共命运的人回答："禾苗在拔节！"

我走到棚外，什么也看不见，一股强大的黑暗紧包着我。但我可以侧耳细听。我听到那音乐像是地火在蔓延，阴河在奔涌，像是无数棵生命的嫩芽在冲破压在头上的重重黑云向上拱。这奇异的音乐持续地拨动着我的心弦，久久地、久久地不绝。

那是1972年的夏天，我在河北静海县团泊洼"五七干校"里劳动的时候。十几年过去了，可是那奇异的音乐还时时鸣响在我的心头。

一个温煦的早晨，我醒了。我听见一种音乐，似乎听见过，又似乎没有听见过；是这么熟稔，又那么陌生，因此而显得奇异。它仿佛嗡嗡嘈嘈的一群蜜蜂，从蜂巢里出来，飞向万紫千红的花丛；又仿佛沸沸扬扬的一壶开水，把壶盖拱开，让滚烫的蒸汽迎着七彩的太阳光喷冒，升腾而幻化……

我平静地问："什么声音？"

旅途中萍水相逢的朋友回答："市声。"

我走上大街。人们熙熙攘攘地、急急匆匆地走着。工人们走向工厂，学生们走向学校，职员们走向市场，走向企业大楼……汽车驶过马路。新建成的大厦和正在施工的大厦像树林一样耸立在城市的各处。早晨灿烂的阳光照耀着这座城市，照射到这座城市里新鲜的标语牌上，也照射到每一个匆匆行走的人的脸上，使那些脸反射出一种蓬蓬勃勃的光辉。这时候，那熟稔而又陌生的音乐像潮水一样涌来，直至把我的整个身心淹没。

那是1983年深秋，我住在"新园"招待所，对深圳经济特区进行访问的时候。一年多的时间过去了，可是那奇异的音乐还时时鸣响在我的心头。

我常常在深夜，或者在黎明，听见这三种奇异的音乐在我的心底里鸣响，一次又一次，轮流地鸣响，交错着鸣响，又奇妙地融接起来，结合起来，好像三股泉水汇合成一股清流，一股激流，一股洪流，一泻千里，漫无际涯，从渺远的过去冲向现在，又从现在涌向浩茫的未来。

1985年4月2日

走　廊

　　你说，你爱走廊。

　　你说，在走廊上，不遭雨淋，欣赏着最幽静的雨中山水。

　　你说，在走廊上，不受日晒，领略到最灿烂的阳春烟景。

　　你说，只有走廊能把自然纳入美的规范。

　　我说，我赞赏走廊。我说，从内室来到走廊，我感到舒
畅和宽余。

　　我认可走廊是里和外的媒介。

　　我欣慰走廊是狭窄和宽广的桥梁。

　　然而——

　　我抬头，藻井和彩绘取代了广阔的天空。

　　我平视，帘子和柱子分割了巍峨的群山。

　　我俯瞰，栏杆把红色涂上了深谷的碧草。

　　我说，自然的本色是不羁的。

　　我说，我赞赏走廊，却要告别走廊。即使冒着暴雨的冲
击，烈日的烤炙，我也要告别走廊。

　　我告别走廊，走向最广大的、没有阻挡、没有涯际的自然。

1985年4月6日

镜　子

你宣称：你最准确地反映存在；你摒弃一切虚假和伪饰，指出真实。

是这样吗？

我寻找朝东的方向。你指给我朝西的方向。

我寻找左边的道路。你指给我右边的道路。

我飞升，越飞越向高处。你告诉我，那是俯冲，越冲越向低处。

我向往天空。你说，天在地的里面。

我扑向大地。你说，地在天的高处。

我追求远。你告诉我，世界上只有深。我追求广袤。你告诉我，广袤只存在于方寸之中。

我热恋自由。你说，来吧！最大的自由在这个框子里。

哦，你是最准确地反映存在，摒弃一切虚假和伪饰，指出真实的吗？

也许——也许你是这样的。

1985年4月4日

瞳　孔

　　幼小的时候，我爱看母亲的瞳孔，那瞳孔里有一个孩子的脸，那就是我自己。

　　年轻的时候，我爱看爱人的瞳孔，那瞳孔里有一个青年的脸，那就是我自己。

　　母亲瞳孔里的孩子常常笑，笑得那么傻气。

　　爱人瞳孔里的青年也常常笑，笑得那么傻气。

　　如今，我想再看母亲的瞳孔，母亲已经不在了。

　　如今，我想再看爱人的瞳孔，妻子已经衰老了。

　　我努力睁眼去看妻子的瞳孔，却看不见任何人的面孔，因为我的眼睛已经昏花了。

　　有一个声音说，何必睁眼呢？把眼睛闭上吧。

　　我闭上眼睛。

　　顿时，我看见了母亲的瞳孔，那瞳孔里有一个孩子的笑脸，那就是我自己。

　　顿时，我看见了爱人的瞳孔，那瞳孔里有一个青年的笑脸，那就是我自己。

我看见母亲的瞳孔对我笑，笑得那么慈祥。

我看见爱人的瞳孔对我笑，笑得那么美丽。

于是，我也笑了，笑得那么傻气。

1983年5月17日

影 子

当太阳把他的万丈光华射到我身上，给我的头顶戴上金色皇冠，给我的周身披上光与热织成的华衮，仿佛要搀我登上至尊的宝座的时候——

我的影子始终紧随在我身后，低低地对我说："我永远是你最忠实的臣仆！"

当满月把他冰清玉洁的光辉洒到我身上，给我的头顶戴上银色桂冠，给我的周身披上水晶和湖波织成的轻纱，仿佛要牵我登上晶莹的仙座的时候——

我的影子始终紧跟在我左右，轻轻地对我说："我永远是你最坚贞的伴侣！"

当太阳走进乌云，把我抛弃给阴霾，使我在孤独和清冷中徜徉的时候；

当月亮不再升起，把我留给暗夜，让我在寂寞和惆怅中徘徊的时候——

我的影子偷偷地离开了我，连一句告别的话语也没有。

1988年3月14日

苏　醒

我发现自己分成两半。我倚着身患绝症的朋友。身边的床单呈现出朦胧的白色。

"我刚才做了一个梦，"朋友睁开眼，看见了我，用极轻的声音说，"梦见我还是一个青年。我和同事B一起去赶公共汽车，准备上火车站。公共汽车来了。他在前门口排队等着上车，我在中门口。中门口上车的人拥挤。有着天使般眼睛的售票员用一种决定人们命运的口吻说：'后面的那位到前门去上车！'我赶到前门，恰好B上了车而车门关了。只差半秒钟，我想着，一面急忙赶回中门，砰的一声中门也关了。车开了。我被留下了。只差半秒钟，我想。"

说到这里，朋友微微地笑了。他继续说："我乘上了下一辆公共汽车，不料这车在一座连接两块不同颜色的陆地的桥梁上抛了锚。乘客都下了车。等到第三辆，我才挤上。赶到火车站，火车刚启动。B在火车上大声喊我。我想跳上车去，被一名头戴惊人冷峻的白色钢盔的路警拦住。车开了。

只差半秒钟，我想。"

　　停顿了一会儿，朋友继续说："我和B是相约去梦中的电子城的。他去了。而我后来虽然有过多次机会可以去电子城，却总是只差半秒钟而没有去成。最后，当我已经头发花白的时候，又有了一个机会。我乘着风驰电掣、破雾穿云的飞机到达电子城。已经当上这座城市的市长的B拿着开启本城城门的金钥匙递给我，我伸手去接——正在这时候，我醒了。只差半秒钟，我想。"

　　我的朋友又微微地笑了笑，带着点诙谐的语调，他说："我终于醒了，发现自己躺在病床上，已经变成瘫痪的老人，而且面对着黧黑的死亡。一切都过去了，多么轻松！"

　　"不！你不是A，我也不是B。"我热烈地说，"你看看窗外，那片朦胧不是日光，而是月色。你应该起床，同死亡赛跑，去迎接第二次苏醒。"

　　白色床单隐去。在月光下，两个影子沿着人字形栏杆赛跑。白影比黑影先到，两影到达终点的时间相差半秒钟。

　　顿时，白色钢盔转过脸来，天使般的眼睛嫣然一笑。

　　我醒了。我发现自己已经是一个全我。只半秒钟，我听见了黎明的鸡啼。清风从窗外吹来。一阵欢跃的童声由远而近，逐渐形成一片明丽的音乐之海。壁上的时钟滴答地响着。墙壁透明了。电子城如霞光万点从四面涌起。我感到手中握着一个坚硬的东西：金钥匙。它烫着我的掌心，烫着我的血液和心脏。我起身，用青春的脚步，向汹涌的光流走去。

1982年11月26日

海岛之夜

　　我并不是没有在海岛上居住过。然而今夜，我为什么有着如此异样的感觉？有着如此莫名的哀伤和喜悦？我的感情的波涛，为什么如此起伏不停，奔腾不歇？

　　我似乎喝醉了酒。那酒啊，何以如此芬芳，如此清洌？

　　我斜倚在山坡上，海岛的南侧。我面向大海，抬头望月。不知今夕何夕？是天上良辰，是人间佳节？明月如巨盘，在大海的上空飞跃。金波涵澹，清光皎洁。月下海面上，粼粼波光，如无数银蛇戏水，万千金龙出穴。"沧海月明珠有泪。"鲛人啊，你在何方？是你那缀满珠泪的轻绡，从海底升起，吸收月魄的光丝，织入新的图样？你是为大海之夜增添妩媚，还是给我的视觉增添幻象？山崖之下，海涛与礁石相击，传来轰轰巨响。是什么在叩击我的听觉？是大海发出的鼾声？是地球的轻声呼吸？……我听见蟋蟀在草丛里哀鸣。是涛声和蛩鸣在为我举行合奏？是海岛植物在向我低语切切？啊，是什么裹着我？是奇妙的月光？是奇妙的夜？是奇妙的海岛音乐？

月下，岛上的那些幽深的树木，一棵棵，一丛丛，一片片，都染上了朦胧的青色。一层轻纱，裹住了疏枝密叶。那些枝叶向东的一面，都像镀了一层银，在黝黑的、深蓝的天空的背景前，勾画出半边明亮的线条。枝柯错杂，银线交叠。看上去，这些树木更加幽深了。纵横交错的银线似乎织成了一个梦境。木麻黄，像一排挺身而立的翁仲；相思树，像一帮弯腰伸肢的拳师；龙眼树，像一群纷披着浓发的姑娘；银槐，像一列严阵以待的卫士。月下，这些树似乎都生活在梦境里。他们似乎组成了儿童的集会，醉汉的行列。他们似乎在向我高声喧嚷，又向我絮语喋喋。他们似乎在手牵着手，肩挨着肩地行进，在围绕着我舞蹈，趔趄，徘徊，踯躅……

海岛啊，你是披上了烟雾？是蒙上了霜雪？你是这样冷，又是这样热？海岛啊，我看见你浓发下的蛾眉，你睫毛下的笑靥……我感到了你的脉搏，你是那样犹疑，又是如此果决……

哦，祖国的海岛！是什么东西，把我们牢牢维系？是什么东西，把我们紧紧联结？

哦，我并不是没有在海岛上居住过。然而今夜，我为什么有着如此异样的感觉？有着如此莫名的悲伤和喜悦？我的感情的波涛，为什么如此起伏不停，如此奔腾不歇？

我发现，我的感情，突然变得如此深沉，又如此强烈！

哦，海岛！正是我对你的爱情，使我昏厥……

明晨啊，明晨，我们就要离别。但是，我对你的爱情，永远不会熄灭。

1978年

九华街

　　苓一定要我陪她去散步，于是我同她上了街。

　　这是山坳的一条小街。四周群峰耸立，夜色朦胧，阒静无声。而街上却商店林立，灯火辉煌，夜市兴旺。

　　柜台和货架上放着琳琅满目的商品：铜制小型释迦牟尼佛像，观音菩萨像；弥勒佛瓷像；中型铜香炉，小型铜香炉；大大小小的橙黄色绣着"佛"字的香袋；檀香扇；可以挂在胸前的十二生肖画片塑料圈；楠木筷子；竹编的各种形状的小篮子……

　　我给苓买了一件小工艺品：竹编的小鸡。那是一只公鸡，作打鸣状，颇精致。

　　苓也给我买了一件小工艺品：木雕小象。象身是棕色的，嘴里的两支象牙洁白如玉，不知用什么材料制成。

　　肚子有些饿了。"咱们找个加油站吧。"苓说。

　　这里小饭馆很多，供应米饭、炒菜、面食、酒和下酒菜之类。苓不爱闻汗气和酒味。于是找了一家干净的小铺，要了馄饨。忽见邻座上坐着老李。"李爷爷!"苓清脆地叫道。老李回过头来:"喔,是你们呀!……"

我和老李交谈起来。忽然发现苓不见了。我要出铺子去寻找,苓却回来了。她双手捧着一件小工艺品,送到老李面前。一看,原来是一只小型陶制耕牛,呈紫褐色,仿佛日晒雨淋成的,还有一条舌头,能活动,甚至伸出口外但不会掉下来。老李拿着,仔细观看。

"这是我送给李爷爷的礼物。"苓说。

"为什么送这个?"老李笑问。

"今天是阴历四月初八,是释迦牟尼佛的生日。所以今天每个人都该得到一件礼物,而且都是他本人的属相。"她拿出了竹编小鸡,"这是我爷爷买了送给我的。"

老李说:"多亏你记得我的属相。"又问我得到了什么。我拿出木雕小象。

"象?十二生肖里哪有象?"

"这个你不知道,"苓一面吃馄饨一面说,"我爷爷属猪。可我爷爷小时候不愿意自己属猪,说猪又脏又懒,到头来挨一刀给人宰了吃了。太奶奶就说,不叫属猪了,改成属象。说是我爷爷本来属象,因为长得粗壮,身子圆圆的,被阎王爷看错了,以为是猪。象可好了,力气大,在森林百兽中威望最高，连兽王狮子也要让他三分。可他从不伤害别的动物。他是和平使者。普贤菩萨最喜欢他，让他当坐骑。"

老李听了呵呵笑起来："还有这么多讲究？"

"就是！"苓一本正经地说，"李爷爷你也不赖：俯首甘为孺子牛嘛！"

"那你呢？"

"我呀？"苓又拿出竹编小鸡来，"我是一唱雄鸡天下白！"

夜风吹来，林涛如隐雷传入耳中。街上夜市渐歇，灯火阑珊。

"夜深了，咱们该回去了。明天还得去朝拜十王殿呢。"老李说。

"再坐一会儿。"苓说。

"不，再坐下去，你该喔喔啼了！"

苓一笑，三人起身，告别时，苓对老李又加了一句："明儿早上我和爷爷在百岁宫等你！"

1992年12月

棕叶蟋蟀

在青城山道上，过了雨亭。

遇到一个大约八九岁的女孩，她手拎一串"蟋蟀"在兜售，低声对我说："买一只蟋蟀吧。"我说："我没带孩子来，不买了吧。"她怏怏而去。我随即后悔了。

从五洞天返回。又遇见这个女孩，她带着央求的眼神，用几乎听不见的声音对我说，"买一只蟋蟀吧。一角钱一只。"我连忙掏钱买了一只。问："是你自己编制的？"她点点头，不多说话。这孩子似乎内向，脸上无愁容，也无笑容。但我感到了她的忧郁，她内心里似有某种深沉的东西。

那"蟋蟀"是用棕榈叶片编制成的。叶片的绿色由浅入深，于是编出深绿间隔浅绿的六个皱褶，形成蟋蟀的身体。尾巴极长，像一根箭杆，而触须更长。眼睛和嘴巴用红绒制成。精巧可爱。价钱却如此便宜。我对她说："编得太好了，你的手真巧。"她眼睛低垂，用几乎听不见的声音说："可惜是哑的。"哦？我一怔。我想再问她几句话，一回头，她已经默默走开。只见她的背影消失在绿树丛中，雨丝里。

迎面又来了一个女孩，也在兜售"蟋蟀"。她眉清目秀，性格开朗。她说她今年11岁，是小学5年级学生。她的"蟋蟀"也是一角钱一只，我又买了一只。但这只不如前面那女孩编的精巧。

我问："这虫儿你们叫蟋蟀？"

她答："是啊！"

我又问："不叫蛐蛐吗？"

她摇头。她的语汇里没有"蛐蛐"。

"你为什么自己编蟋蟀出卖？"

她一笑，不回答。

"前面那个小姑娘是你的同伴吧？"

"是我的邻家妹子。"

她还告诉我说，这妹子的手巧，编的"蟋蟀"在邻里间数第一，本可以标价二角一只，至少也得一角五分。但是这妹子不会大声叫卖，所以即使降价一角，生意也不如别的孩子。她想把自己挣的钱分一部分给这个妹子，人家不要。姊妹们戏称这妹子作"哑巴货郎"。

"她好像有心事？"

"哑巴货郎满肚子都是心事。可她的心事是什么，谁也猜不透！"没等我再问，她对我一挥手，"再见！"跑了。

我把两只"蟋蟀"仔细观看。在细雨中，蟋蟀的身子碧绿碧绿的，润如酥油，闪着亮点，形状栩栩如生，特别是先买的那一只。

"可惜是哑的……"一个几乎听不见的声音飘到我耳边。

我抬头四处张望，什么也没有。只见雨亭前后，绿荫深浓，幽径蜿蜒；只听到沙沙的雨声和潺潺的水声充塞在空间。

1992年11月

紫罂粟花

　　女孩子们绕过花坛，走远了。只有她停下，带着惊奇的眼光，问我："那是什么花？"

　　"那是罂粟花。"我说。

　　"啊？有毒的罂粟，竟是这样美丽的、火辣的、炫耀的、大胆的花？"

　　"正是。"

　　晚饭过后，她甩开同伴们，找到我，要我陪她去摘罂粟花。我说不行，咱们是刚来的客人，怎能去摘主人的花呢。她说她已经无论如何也控制不住自己了。"咱们可以偷偷地摘，不让人瞧见。"她那种坚决劲儿，是没有人能够阻止的了。

　　我陪她走出楼门，走向花坛。在幽暗的灯光下，花坛呈现在面前。远处有人走过。她怕被人看见，叫我站在花坛外侧，挡住可能投来的视线。她动手偷摘。我见她用力太猛，说："怎么这样狠心？"

　　"不狠心摘不下来！"花朵被掐时仿佛"吱"地叫唤了一声。

她快刀斩乱麻似的摘了一朵，又一朵，又一朵。

"你太狠心了！"

"不，我是要制服她们！"

她终于摘够了，说："走吧！"

天黑，摘下的花儿是什么样儿的，看不十分清楚。

第二天一早，她递给我一个小笔记本，里面夹着一朵罂粟花。因为花朵太大，夹不平，本子鼓着。她说："园里的罂粟花全都是殷红的，唯有这一朵是淡紫色的，稀罕物儿，给你。"我接过，把本子塞在提包里。

两年后，我偶然发现被扔在书堆里的一个小笔记本。我翻开本子，"吱"的一声，出现了一个稀罕物儿：一朵淡紫色的罂粟花。已经干了，平了，紫色也褪了许多。但，我忽见花瓣的中央，围绕着花心，有一圈黑色绒状环，黑得刺眼，黑得揪心，似是摘花者的眉毛，或者是La belle dame sans merci的眉毛，看上去叫人颤栗！

摘花者早已去了国外，没有音讯。留给我的唯一的痕迹，恐怕就是这朵花了，还有一声咬牙的：

"我是要制服她们！"

1993年

生命的撒播

早听说过向蒲公英吹一口气会产生像降伞兵那样的奇观。但直到今天，我才第一次实践了"降伞兵"的游戏。

清晨，我和Z站在楼前。草地上长满了蒲公英。矮矮的，茎上长出了金黄金黄的小花。花虽小，却是一个个小太阳，布满草野。草野成了小银河，有的已花落结籽。每粒籽上长着白色绒毛，合成球形，一棵一个白色的毛绒绒的圆球。孩子们称它为小雪球。小雪球布满草野。草野又成了满天星斗的夜空。

我采下一棵，用嘴对雪球吹一口气，蒲公英籽纷纷飞上天，又纷纷向下落，仿佛天兵天将缓缓地自天而降。我又吹了一次，让Z看。Z被我逗引，也来试着吹。我想，到高处去吹，降落的时间会更长，便与Z各采了三四棵，奔到二楼阳台上，作"降伞兵"游戏。我们手举蒲公英，用嘴对着它使劲向上一吹，雪球上的小人国伞兵顿时一齐向空中飞跃，一霎全部飞上天，然后又纷纷向下降落，真是人多势众，气魄宏大！敌人一定望风披靡！白色降落伞，成百成千，降下去，降下去……衬着松树、柏树、丁香（已无花）的浓绿色，白伞显得更清晰，还闪着一点一点的白光。一大群降落伞在绿树丛的背景上划出无数道缓缓移动的白光。而伞兵——蒲公英籽，则是暗褐色狭长形，就像个全副武装的士兵。每粒籽的头上，长出两根或一根细长的白丝，白丝的顶端是一簇作扇面形辐射的白色绒毛，这一簇绒毛就形成一顶降落伞，而两根白丝就是降落伞的绳子，缚在伞兵的身上。凡有绒毛的籽，即缓降；也有个别籽失去了绒毛，就速降——伞没有张开，伞兵会摔死的？我担心着。而绝大多数伞都张开着，缓缓地，用较长的时间，才降落到大地上。我对Z说，这是一场鏖战。我军用伞兵奇袭被敌人侵占的重镇，四面包围，中心开花，终于迫使敌人投降了……

Z和我相视而笑。Z是搞儿童文学的。他说：你五十多了，这样年龄的人，倒还有这点童心？

我似乎从幻觉中醒来。我向大地望去，白色降落伞早已不见。地上长遍了野蒿，牵牛花，河边有芦苇，以及各种不知名的野草，野花和野菜。而蒲公英的雪球则仍然如无数繁星铺洒在绿色大地毯上……我默想。伞兵战是战争，是杀戮生命，但杀敌正是为了保存自己，保卫和平，也就是保卫更多的生命，保卫更美好的生活。我默想，蒲公英籽向大地的飞降，是撒播生命，泼洒生命，让更多的生命在阳光下蓬勃地生长……

我牵着Z的手下楼，仿佛搀着一个儿时的游伴。

1982年

秋的颜色

我对自己说，我爱那些树木：栾树，椿树，龙爪槐……

我对自己说，我爱栾树。栾树下，绿荫浓深。栾树上，开满金黄色小花，在夕阳照映下，如一丛丛金色火焰，跳动飞腾。

那边，另一排栾树。花已谢，结蒴果满枝。蒴果，色淡青，在夕阳下，如青玉珠帘挂满枝头，射出带青绿色的光。有些蒴果已经落地。我拾起一个，细看它，是青绿色三角椭圆状，一端尖圆，状若灯笼罩，内含籽粒。在一棵栾树下，蒴果落地的特别多，远看像地上铺了一层碎玉，闪着晶莹的绿光。

我爱椿树。在这排栾树的后面，是一群椿树。椿树树身高大，超过栾树。椿树是大哥哥，栾树是小弟弟。椿树叶对生如尖齿。椿树也开了花，有白的，有黄的。白花带淡绿色，黄花中有带淡红色的，在晚霞映衬下，仿佛远方的野火。

我爱龙爪槐。这里有四棵龙爪槐。它们已长了不少叶，正在开花。因为长了叶，那树枝如手臂向天空祈祷或龙爪向青云伸展的姿态被掩盖了。

我爱这些树木构成的小树林。

我对自己说，我爱那些连翘、紫薇、碧桃、红瑞木……

这些花木移栽来的时候还只是枝条，没有长叶。它们站在那些大树的身旁，显得那么细弱可怜。但现在它们都已经花繁叶茂了。红瑞木未长叶的时候，枝呈深红色，有光泽，像是漆上了红漆的细木条。现在，枝身的红色渐淡。红瑞木的花是淡红心子，白色瓣。每朵四瓣，向四个方向辐射。小花成簇，与大叶比较，简直是可怜的小。然而这些细小的花也似乎更令人怜爱。

我对自己说，我爱那些夜来香，凤仙花，太平花，牛筋草，羊胡子草……

小树林的中心有一块草坪，草坪四周铺的是牛筋草，而草坪中心长着的都是羊胡子草。羊胡子草如地毯，一绺绺地平攀在地上。而牛筋草是直竖的。嫩黄色的夜来香在牛筋草丛里亭亭玉立，放射出金色的光。而凤仙花则红白相间，整整齐齐地排列在羊胡子草包围的花圃中，仿佛是那棵孤独的雪松的护卫。

然而，我对自己说，我最爱的是什么呢？我想，我最爱的还是那一群紫叶李吧。那一群紫叶李，满树紫叶，淡朱浓紫，浅赭深红。在那浓淡相间的紫叶上，似乎还闪耀着一点点碎金。当我走到树后，从背面去观察阳光照射下的那些紫叶的时候，我发现，这些树上垂挂着的竟是一丛丛透明的玛瑙，一枝枝闪光的珊瑚，从这里透出一片片红色的荧光，一层层红光和紫雾交织的帷幕。这是秋的颜色。现在是盛夏，然而我见到了秋光！夏天中的秋天啊！紫叶李和栾树、椿树、龙爪槐做友伴，和红瑞木、连翘、紫薇、碧桃做友伴，和夜来香、凤仙花、太平花、牛筋草、羊胡子草做友伴……而它呀，给它的友伴们带来了秋色。它使这个小树林的色彩更丰富了，它使这个小树林的旋律更富于变化了。小树林因此而显得不那么幼稚了，比较成熟了。

我对自己说，我爱这些乔木，爱这些灌木，爱这些花草。我爱盛夏的秋光。凝望着这座小树林，我对自己说，我似乎见到了康斯塔勃尔（Constable）和忒纳（Tumer）的结合。

1983年

菲菲与小猫

我和老伴回到久别的第二故乡上海，住在亲戚张家。老张有一个13岁的孙女，名叫菲菲，论辈分，是我的表外孙女。这孩子给我的突出印象是她爱小动物。

一次，她抓来一只甲壳虫，放在一块西瓜皮上，让它吸瓜汁。又一次，她花两元买了一条很小的蛇，拿到学校去吓同学，女同学都吓得哇哇乱叫。但她最爱的是猫。

全家人正在晚餐，因猫的问题发生了矛盾。菲菲把邻家的猫"宝贝"引进了厨房兼饭堂，喂它以饭食。猫尾碰到了我老伴的脚，她惊呼。老张批评菲菲，令她立即把猫引出门外。但猫是活物，菲菲用鱼骨把它引了出去，门里的肉香又把它招了进来。老张有点火了，就一脚把猫踢了出去。菲菲大为不满，公开顶撞祖父："你好好引它好了，为啥要踢？"脸带愠怒。一波未平，一波又起。小张见猫又进来，并且钻到了桌子下面，抓不到它的脖颈，就趁势抓住了它的尾巴，把它一拖拖了出来，赶出门外。菲菲对父亲大声抗议："你为啥要拉它的尾巴？你勿晓得它痛哦？！"眼含泪水。小张说："你就晓得疼猫，不晓得疼爸爸！"菲菲反问："我怎么不疼你？人家又没有拉你的尾巴！"哄堂。菲菲也破涕为笑。一会儿，猫又溜进来了，老张为缓和气氛，不再踢了，乘机把猫抱起，送出门去。菲菲在后面大呼："阿爷！你千万勿要掼啊，猫经勿起掼的，要掼伤的！"菲菲这种细腻体贴的心肠，令人惊奇。我说："菲菲很仁蔼，有一颗爱心，这是可贵的！"老张说："今天她奶奶不在，菲菲少了个后台。要是她奶奶在，一定会说，儿童爱动物是天性，没有什么不好。这样菲菲就更可以肆无忌惮了！"我老伴说："菲菲今天仍然有后台，就是屠岸！他就是喜欢猫、狗、动物，还有树、花……跟菲菲一样！"

我奇怪菲菲为什么只喂邻居家的猫，自己不养猫。小张笑说："我们家养个小菲菲就够了，还养猫？"老张说："哎，邻居王家弄了一大窝猫，却供不起足够的猫食，全仗菲菲把它们喂着。"菲菲拉我到弄堂里，指着邻居王宅矮墙上的五六只猫，给我一一介绍它们的脾气、习性以及它们之间的亲缘关系。她对猫的知识使我惊异。我问："这些猫都是你喂的？"菲菲点点头。她忽然问我："阿爷！世界上谁最残忍？"这突然的问话把我懵住了。她拉我去看王宅门口贴着的一张小字布告:"谋杀小毛毛的刽子手,不会有好报应的!上天会惩罚你!主人启。"我问:"小毛毛是谁?"菲菲说:"是猫,是'宝贝'的女儿。"我问是怎么回事。菲菲说:"斜对门家的一个女佣人把它掼死了!"菲菲心头还在愤怒:"你嫌它偷吃,你就把鱼骨头馊饭都收在冰箱里好了,为什么要杀猫?!"停了一会,菲菲又问:"阿爷!世界上谁最残忍?"孩子的问话使我陷入了深思。

1994年2月8日

醉　颂

　　我不会喝酒，常为诗友所议。他们说：岂不知"李白一斗诗百篇"（杜甫），岂不闻"四座欢欣观酒德，一灯明暗又诗成"（黄庭坚）？枉为诗人了！不——他们不知我常入醉乡，不是醉于乙醇之酒，而是醉于自然之酒，爱情之酒，诗文之酒。李杜之诗，欧苏之文，莎翁之剧，皆能醉我，胜似醇醪。

　　忆我少年时，曾醉于两篇华章。其一为英国诗人考利（Abraham Cowley，1618—1667）的诗《饮》。我曾把它译成汉文如下：

　　　　焦渴的泥土把雨水吸掉，

　　　　老是不够，张开了嘴巴还要；

　　　　花草树木从泥土里吸水，

　　　　能饮之不尽，便始终鲜美；

　　　　连海洋（人们寻思道，

海洋总不会需要饮料）

也吸吮千万条河流，

满满地要溢出杯口。

匆匆的太阳（人们也可以

从他醉红的酡颜上得悉）

把海水痛饮，直到喝光，

月亮和星星又喝掉太阳：

星月披自身的光芒欢舞畅饮，

他们喝酒作乐整夜地不停。

自然界不存在清醒的神仙，

然而到处是永恒的康健。

好吧，请斟满这只大酒樽，

斟满所有的杯子吧——请问：

大家都能喝，何以我就不能够？

告诉我，你们讲道德的朋友！

考利不愧是个酒豪。他把日月星辰、天地万物都写成饮者，把宇宙的运行归结为一个"饮"字。他把投枪刺向那些反对豪饮的"正人君子"，以自然的存在作依据为自己的酣醉辩护。考利是英国文学史上的次要诗人，但这首酒颂却成为长久传诵的名篇。李白的《月下独酌》之二中有句："天若不爱酒，酒星不在天；地若不爱酒，地应无酒泉。天地既爱酒，爱酒不愧天！"这位公元8世纪的中国唐代大诗人以幽默的口吻列出证据，说明喝酒乃天经地义之举。900多年后，西欧诗人考利写出了上述与李白异曲同工的诗章，而且似乎更加直截了当，声称饮酒乃是宇宙万物的规律。这两位诗人的诗可以说是前后呼应，东西辉耀。

再说醉我的另一篇杰作：我国晋代竹林七贤之一刘伶的《酒德颂》。文中说，"有大人先生者，以天地为一朝，万期为须臾，日月为扃牖，八荒为庭衢，行无辙迹，居无室庐，幕天席地，纵意所如。止则操卮执瓢，动则挈榼提壶，惟酒是务，焉知其余！"这种放诞行为，引起"贵介公子，缙绅处士"的非议，他们"奋袂攘襟，怒目切齿，陈说礼法，是非锋起"。可是"大人先生"不予理睬，照样"奉罍承槽，衔杯漱醪，奋髯箕踞，枕曲藉糟，无思无虑，其乐陶陶"。进而"兀尔而醉，豁尔而醒，静听不闻雷霆之声，熟视不见太山之形，不觉寒暑之切肤，利欲之感情；俯观万物之扰扰，如江汉之载浮萍……"在他笔下，公子与缙绅的"礼法"成了尘芥！考利是让主观服从于客观，刘伶却把客观包容于主观。你看，他醉后把青天作帐帷，把大地作草席，把日月作门窗，把八荒作庭院；甚至让客观销熔于主观：耳不闻雷霆，眼不见泰山，肌肤不感到冷热，心神无动于名利！这不仅是对封建卫道士的猛击，也是对拜金之徒权欲熏心者彻底的否定。比起考利来，刘伶又是另一种怎样的境界！

少年时，读这样的诗，这样的文，焉得不醉？

老年时，重读这样的诗，这样的文，不觉悚然而醒！

1998年8月

本色文丛

（柳鸣九主编　海天出版社出版）

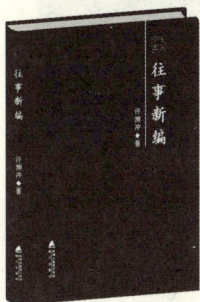

《往事新编》许渊冲 / 著

《信步闲庭》叶廷芳 / 著

《岁月几缕丝》刘再复 / 著

《子在川上》柳鸣九 / 著

《榆斋弦音》张玲 / 著

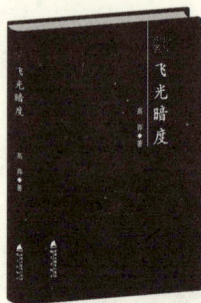

《飞光暗度》高莽 / 著

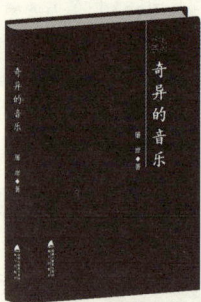

《奇异的音乐》屠岸 / 著

《长河流月去无声》蓝英年 / 著